顧顧旅讀 文學朝聖之旅

探險時代
臺灣山城海

閱讀就是一種旅行

自序：旅行在童年小巷

最近母親開始忙著搬家，陪在她身邊一起整理四樓的舊物，她總是絮絮叨叨的說：「這些真的要丟嗎？真的要丟嗎？」

趁母親不注意的時候，我和弟弟將五樓的空間還原成最初的模樣。只留下天光，新店河畔一家人看國慶煙火的童年。

五樓是我旅行的開始。

孤獨的小孩逃離四樓煙火，在五樓學習和鄰家賽鴿飛翔，飛到遙遠的陽明山上，貪看淡水河的霞光；用零用錢買的「宋詞賞析」，在五樓父親種植的茉莉香裡，開始懷想一個人陪柳永楊柳岸曉風殘月浪跡天涯；揀母親刻著秀麗筆跡的數學作業簿，翻開最後一頁，默默寫下第一首詩。

之後我背起行囊，拿著第一份薪水開始出國旅行，五樓的茉莉我收在稿紙裡繼續飄香，柳永也陪著我走過世界各地，來到充滿青春笑語的教育殿堂。新店溪畔的童年光景退得好遠好遠。我愛上巴黎的天光，蘇格蘭的冷寂，某處無法言傳卻心領神會的異國戀情。

整理一張張美麗的風景明信片，近二十國的自助旅行，開始無法分辨這些地方和我有什麼干係。除了自我放逐、暫時逃離的過往，我仍然是我。

那個在五樓試圖釐清自己，不向一樓躍去的女孩。

直到二〇一八年，我在葡萄牙里斯本旅行，那口充滿印度香料的滋味，開啟了我的亙古記憶。那是眾人皆知的葡式蛋塔，我和友人終於在漫長等待後，進入鑲滿葡式花磚的店裡享用異國料理。沒想到，融入舌尖味蕾、映入眼簾的竟是充滿古老東方的故事。一切的異國，都有了歷史連結，在地理的遠颺與探險中，生命最初的感覺開始交換，文明開始遊走，故事開始流動。

這些美麗的明信片其實都有著莫名的連結，當我開始從自己書寫，發覺故事的流動也隨著我的好奇彼此銜接，主從關係不時異位。「人生即遍路」，我想起行過日本四國八十八番遍路時，那不時遇見的俳句。

從五樓的天光出發，開始登臨陌生探險未知、接收文明啟蒙野蠻、懷疑他人想像自我，何時將回到自我重建樂園呢？一次次的旅行，不也是一次次自我完成的朝聖之旅嗎？

閱讀是一次次的旅行，在旅行中閱讀，是旅行中的旅行。

那麼在閱讀中的旅行呢？

在新冠疫情爆發前，任意門開在我家。臺灣的百岳我卻只登臨一座，從沒想過有一天異國旅行成為危險的夢。當飛行受到禁錮，開始學習從對抗病毒到與病毒共存，十九世紀末的「人生即遍路」竟成為新冠疫情的預言。

我開始整理稿紙裡的五樓天光，完成「青春彼條街」一書；開始將旅行與閱讀的天光輕輕灑在人生前行路上，進行一次次的臺灣山城海之旅。父親的基隆港、我的新店溪、日本移住者的花蓮吉野村、葉石濤與柳永相遇的臺南中西區、那擁有侘寂智慧的北投煙雲，還有八里觀音山上和學生阿華對話的馬偕博士、為了臺灣人的民族自決甘願放下榮華享樂的林獻堂。每一次的旅行，我都邀情一位超時空詩人，像在五樓的時光，對話，自我完成，朝聖在我家。

讓閱讀寫作式的走讀學習回到「源頭」，書寫自己熟悉的生活，成為「顧顧旅讀」系列。然後，讓我們一起來趟穿梭巷弄的古典式散步，從探險時代、啟蒙時代、想像時代，到樂園時代．以臺灣山城海為生命地圖，以閱讀時空人文地景，開始我們的人生朝聖之旅。古典故事與歷史現場的交融，透過當代踏查與自省，顧顧旅讀賦與你我真實與想像，是一場場豐富且愉悅的文學之旅，亦是一次次自我朝聖之旅。

非常感謝一路鞭策我重回新店溪五樓，開展閱讀天光雲影、連結臺灣山城海的銘瑜，以及商鼎數位出版公司創意無限的編輯企劃群。還有慨然應允為拙著贈序的四位充滿生命活力與熱情的前輩好友們，北投有曉雄主任、基隆有玉玲主任、花蓮有美秀老師、臺南有聿倫，飽嚐著人情的溫暖，更增添對四地的情誼。

人與人的連結，讓土地永遠常新。

還有在人生旅途結伴同行的你妳祢。因為你們的同行，旅行成為N次元的無限相遇。

也邀請你，正在看書的你，邀請你一起來設計一趟屬於自己的超時空旅行吧。

顧蕙倩

推薦序一：人間有味是清歡

——讀《探險時代．臺灣山城海》有感

幾年前的一個春日，在國立臺北藝術大學戲舞大樓遇到了一個短髮、幹練，目光銳利的女子，在尋找舞蹈系的入口。詢問之下，知道她在找舞蹈學系的辦公室。「我帶妳去吧，在舊館。」路上問起，得知她是我們一貫制先修班新的國文老師，於是我們聊起了語文教學，聊起了詩，聊起了如何擺脫制式教育中量化灌輸，聊到如何開啟青少年對文字的想像、感動與抒發。短短的一段藝術大道，我們聊得非常開心。及後，才知道這位老師是著名作家顧蕙倩。

開學第一週的清晨，遇到從山坡上走下來的先修新生。「我們要在鷺鷥草原上國文課。」學生興奮地跟我打招呼，並雀躍地說道：「我們要寫詩。」

期末時，我收到學生的禮物，一疊自製明信片，上頭是學生的攝影與配詩，青春洋溢間，有少年維特的煩惱、有純淨透亮的喜悅，也有面對未知的憧憬與期待，讀來深受感動，因為孩子們在這長短句中，有了自己的動律、節奏，也有了自己的文字想像，還有個人的情感抒發。是顧老師讓孩子們愛上了文字，也愛上了書寫，這真是美好。

我想起少年時代，常有寫詩的衝動，但所處的那個文革中後期，很難讀得到一本古典詩詞。一九七七年初，劫後逢生、逃離紅色高棉魔爪的姐姐來到杭州看望少小離家的我，見我對詩的興趣，於是趁我上學時，在軟抄本上，憑記憶默寫了數百首唐詩宋詞送給我。姐姐說，她最懷念的是童年時，父親每天傍晚帶著她在湄公河邊散步，教她背誦古典詩詞。等到戰亂時，姐姐失散在紅色高棉統治的鄉村，被禁止說中文、強迫集體勞動。姐姐說，在飢餓與恐懼中，支撐她活下來的，是每天夜裡默默背誦父親教會她的古典詩詞。「因甚江頭來處雁，飛不到，小樓邊。」（宋 周紫芝《江城子》）「一聲聲，

一更更，窗外芭蕉窗裡燈，此時無限情。恨難成，夢難平，不道愁人不喜聽，空階滴到明。」（宋 萬俟詠《長相思雨》）

在顧蕙倩書中有寫道：「戰爭，從來不曾在人類的記憶裡停歇。」而當年的我們，在戰火離亂中，也曾因詩的美好而活下來。

讀蕙倩老師的書，看到古典詩詞與當代生活的交織。「古道西風」，不必背負中土的原罪。因為文學，是人類共同的財富，即啟發人類的美好想像，也照亮前去之路。因此，在顧老師的書中，藉由古典詩詞與在地的踏訪與對應，不論是大江大海，還是前山後山，不論是府城街巷，還是繁華都城，《離騷》中的侘傺之意境對當代美學觀、價值觀依舊可以洞見千年之光；「一蓑煙雨任憑生」依舊照見坎坷生命中的豁達任俠；「今宵酒醒何處，楊柳岸，曉風殘月。」依然低迴著漂泊者的寂寥感傷；「人間有味是清歡，」則依然勾勒出人的澹泊情懷。

意境，啟迪人們的想像；豁達，開闊人們的視野；情懷，觸發人們的感動。而最終，因對詩意的追求，生命應可豐盈與美好，並或許會生出善念與悲憫之心。這，大抵就是文學的力量。

國立臺北藝術大學舞蹈系主任

張曉雄

二〇二一年八月十五日

望山居

推薦序二：讀一輪明月的清朗

地景文學的寫作，是近年來方興未艾的特殊主題。在全球化的時代，透過對一地的認識與文化脈絡的釐清，連結自身的經驗、記憶與歷史，更能顯出區域獨特的人文景觀。蕙倩就是其中的佼佼者。

認識蕙倩，是從一段海洋、環境與書寫開始的緣份，一見如故。寫作能量充沛的蕙倩，對生命與土地充滿熱情，帶領國小至大學不同階段的學生，嘗試各種教法的可能，挑戰不同的主題，勇於突破與創新，運用多種數位工具、平臺、媒材，激發無窮的想像力，令人徜徉在古今文學空間中流連忘返。

我常覺得蕙倩似一輪皎潔的月光，對周遭的人事物體察入微，明亮又清朗。她的新詩與散文寫得極好，故事也說得悠揚；平易近人宛若吟詠的筆法，潛藏慧黠與靈動，讀之彷彿柳暗花明，無限欣喜。蕙倩近期作品可見其寫作規劃，多有明確主軸，無論是詩樂創造、詩歌與影像、風土與人情，總走在眾人的前方，敏銳地展示觀察事物的新視角，開拓書寫的無限可能性。尤其她對地景、地方的感知敘事，以積極行動親身走讀，藉由書寫實踐對生活居住地的關懷，從其推動「後大安書寫」計畫開始，到漫走臺南的〈新美街一號〉，以及對臺中前輩詩人白萩的訪談錄，足見她在推動區域寫作落實於教學現場的不遺餘力。

《探險時代．臺灣山城海》一書，是作者充滿設計感的新嘗試。全書共分為四個章節，從花蓮吉安的慶修院出發，一路到臺南，再回到北投，最終來到臺灣最北的海港城市基隆，蕙倩宛若深度導覽般細數四地獨特的景觀，並選擇陶淵明、柳永、李商隱和蘇軾為人所熟知的經典文本與之對話，進行當代地景與文學經典的綰和；特別是極幽微與極動容的現代詮釋，在亙古的時間流動中，抉發生命的全貌與深意。對我而言，從沒想過基隆的歷史故事竟能與東坡一生行旅產生某些共感，該如何思量人生的無常？該如何閱讀庶民走過的悲歡？蕙倩以其中國文學系的訓練與素養，結合多年國文學科的教學經驗，以生動文筆營造跨時空場景，重新貼近古人的經典，還原再現古人的生命情境。書中凸顯即使是不同時空的人物，其所思所想、道德價值，以及藉由書寫所傳達的理念思想，足以橫亙古今，毫無違和，給予往後無數世代的讀者更多的思考、鼓勵與力量。

浪濤聲掏洗了歷史記憶，而人生的境遇，無論一路的風雨天晴，仍舊是生活，還是要有滋有味地過日。時間讓極重與極痛的歷史記憶雲淡風清，讓行走旅讀的人們頻頻回望的，是心靈深處的共鳴與歡愉。這是一本與眾不同的地景書寫，很榮幸能有機會先睹為快。誠摯地推薦此書給讀者，讓我們一起透過蕙倩的文字看見臺灣地景的種種美好！

國立臺灣海洋大學共同教育中心教授兼中心主任

謝玉玲

推薦序三：邀請你來場顧式旅讀

顧顧老師又再次來到花蓮臨海這處，我所任職的明恥國小教孩子們寫詩。在結束課程之後，沒攜帶手機的她，堅持要自己走往花蓮火車站搭車，缺了google大神的幫助，她能否順利抵達徒步需耗費一小時的車站？還沒拿定主意是幫她叫輛計程車或是畫張地圖給她時，顧顧無畏的背影已從校門口消失，我心想著這就是作家的任性嗎？

直到晚上，傳個訊息問顧顧回到臺北了嗎？卻久久沒有獲得回覆，漫長的等候過程，腦海裡開始了千百種的假設，在內心劇場上演一幕又一幕驚險情節。純樸的花蓮小鎮，不會讓顧顧遇上了什麼麻煩吧？沒有手機無法即時往來，還真讓人放心不下！

人間消失許久之後，顧顧終於有了回覆，她說自己沿著海邊的民權路走著走著，突然一個念頭，就決定在花蓮留宿一晚。於是，她在花蓮進行了一場沒有手機攪擾的旅讀。同時也讓我更加確定「任性」是作家們眾多特質之一。

顧顧愛旅讀，沿途的地景總隨時對顧顧招手，期望顧顧去訴說關於他們的故事。當她來到花蓮時，這個曾被譽為最適合退休生活的吉安鄉吸引了她，她倚坐在永興村的地神碑讀著陶淵明的〈移居〉；她來到慶修院想著日本移民當初是否在此得到心靈的寄託，能否像陶淵明在〈歸園田居〉尋回心靈的原鄉，即使田園生活大不易，也能隨遇而安。原來，旅讀是她的日常，像呼吸一樣自然！

顧顧愛旅讀，她帶著我們穿越古今，牽起了歷史、地景與古人古文之間的連結。讀著讀著彷彿上了一堂具有溫度的國文課。呵！是啊！昔日的國文老師顧顧正用著與眾不同的方式，引導我們隨她沉浸在文學之中。若是厭倦了只是走馬看花的旅遊，請跟著顧顧旅讀，每前進一步，都會有著意想不到驚喜與滿足！

花蓮市明恥國小專任教師
林美秀

推薦序四：在粗獷的世界，瞥見細膩的詩心

第一次遇見顧顧老師，是在齊東詩舍（今臺灣文學基地）的一場現代詩教育推廣活動。同為新北詩人和大學教師身分的顧顧老師，慷慨提供了一張她自己的畫作，我心想，這是一位好可愛好可愛的人兒啊，否則怎麼有辦法畫出這麼個天馬行空、不受拘束又純真自由的畫作。在那短短三個月的時間裡，顧顧老師透過影像詩及詩樂創作（多麼誘人的主題），引領銘傳及師範大學學子將詩入樂入畫，恣意穿梭，重新領略文學之美。那時即對這位詩人印象深刻，只因她說，「這是一場創作的狂喜與煎熬」。

上一次遇見顧顧老師，是在她《鹽田、新美、葫蘆巷：臺南作家追想曲》簽書會，根據她自己的說法，「是一本適合攜帶著的旅行行李書」。她以舒緩但又略帶深沉的步伐，時而以一株玫瑰花的身分發言，時而聽見小說中的男主角對著虛空中的創作者低語，讓任何有緣自來的讀者自由來去，觀賞這一場又一場作家與作品、文學與人生的飽滿對話。

這兩段往事，似乎命中註定要做為我這篇《探險時代．臺灣山城海》書序的註腳。文風自由多變的她，相信也是不輕易按牌理出牌的性情中人（包括大膽邀我寫序），作為一個熱愛詩文與穿梭時空的旅人，顧顧老師毫無落俗地將這兩者結合。在書中，可以感覺到「我」背上的行李輕盈了許多，但「我」的存在又如此重要鮮明，因為作者所丟出的話語及提問，都是向著「我」而來，鋪天蓋地地溫柔呵護著「我」，以按圖索驥的精神，牽著「我」一路行過花蓮的田園風光、浪漫的臺南市中西區、淒清的北投光景，最後停駐在基隆的古戰場。這回，顧顧老師調度的時間和空間更大了，從民國鯤島上的府城作家，一下子將「我」拉到北宋蘇東坡身側（抑或是邀蘇東坡來鯤島神遊一番），與東坡居士一起遙想基隆和平島上聖薩爾瓦多城，回首〈定風波〉裡的蕭瑟處。下一秒「我」又走進了臺南的葫蘆巷，與柳永並肩詠嘆那些，衣帶漸寬終不悔的深情男子。

類似的情境輪番上演，無論是晚唐的李商隱，乃至東晉的陶淵明，在顧顧導演強大的敘事功力下，運鏡流暢，畫面清晰，並無任何違和感，即使每每探究到生命最深沉、無法承受處，也能在最後一刻將「我」拉回花開春暖、和風徐徐的現實懷抱中，免於繼續沉淪。在每一章節結尾處的熱切追問，諄諄提醒復以循循善誘，只能猜測，「我」是顧顧老師心心念念最關愛也是最幸福的學生。

因此我揣測這個世界，像烈日下的鹽田，讓勞動的雙手龜裂脫了水；是斑駁的紅磚牆，叫時間風化成不規則的毛邊。這樣一個粗糙的感官世界，光是用看的都過於危險。然而，顧顧老師（她的學生都這樣親暱地稱呼她），卻仍願意一無反顧，像是要感受被粗鹽和磚頭劃破肌膚直到滲出血絲才願意罷休那般屢屢犯險，執意地為我走上這趟費力的心靈旅程。

感謝顧顧老師帶路帶人，讓我跟久違的中國古典詩人重逢，並與這塊土地產生連結交融。我心懷驚喜，也準備好開啟這段美好的文學旅程。

國立臺灣文學館研究助理

羅聿倫

目次

二、迷失在臺南中西區的浪漫 74

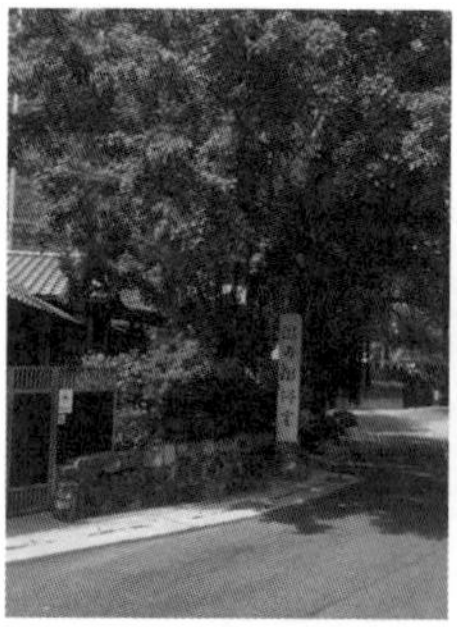

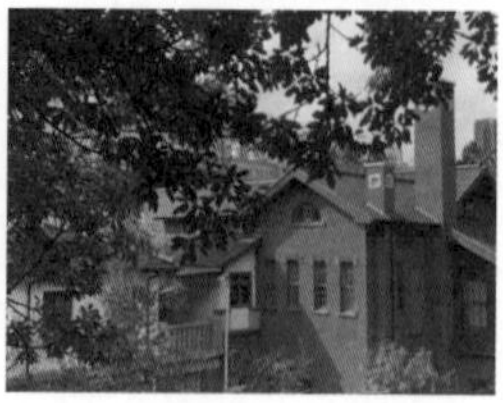

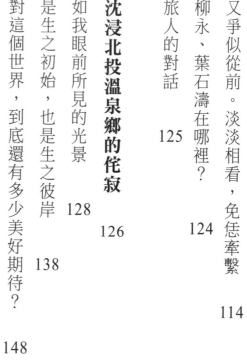

四、行吟基隆古戰場的清明

後記

一、開往花蓮慶修院的慢車

旅讀地圖：
花蓮吉安鄉慶修院（真言宗吉野布教所）
花蓮吉安鄉永興村田間的地神碑石
七腳川事件紀念碑
吉安圳（吉野圳）
吉安好客藝術村（吉野神社遺址）
吉安國小（吉野村尋常高等小學校）
七腳川事件紀念碑
中山路三段
吉安圳
木瓜溪

一心嚮往成功的人生

早安，親愛的。

一早起來，先伸伸懶腰。拉開窗簾，讓充滿希望的晨曦探頭進來。是呀，每天都不忘提醒自己，「今天，又是充滿希望，奮力前進的一天喔！」

打開電腦，習慣先瀏覽一下行事曆。咦，今天的行事曆一片空白，居然沒有任何安排？

「難道，大家都忘了我嗎？」

「難道，我的積極努力還不夠嗎？」

「還是，我根本就是跟不上時代！天呀，我已經被時代拋得好遠好遠嗎？」一連串的問題，像跑馬燈般不停的來回快轉快轉。

「眼前烤好的吐司到底要塗什麼醬呢？」我問自己。

此刻，怎麼連這個問題都變得如此重要，變得如此難以回答？「草莓、巧克力，」或是為了自己的健康，什麼都不該加吧？這個聲音突然穿腦，向我大叫了起來。

坐在金黃似春陽的吐司前面，我居然一點胃口也沒有。

離開了Google日曆的我，好像和這個世界斷了聯繫，原來全世界最孤獨的人，就是我。

其實，一天不出門，甚至餓死在家裡，應該也不會有人知曉吧。

我在這世界到底有多麼重要，到底有多麼漂泊？如果我不設法填滿

Google 日曆，為自己的人生寫滿計畫，設定目標，我的人生到頭來會不會像 Google 日曆一片空白？

總是忙著積極創造屬於人生的新猷，努力的向前奔跑，以達成目標作為成功的定義。當人生來到沒有辦法事先計畫的諸多真相時，人生該怎麼面對 Google 日曆的一片空白呢？

Google 日曆提醒了我，是不是連金黃吐司要塗上什麼口味，都必須事先規劃呢？時間本身的模樣究竟是什麼？是一格一格等待填滿的超大型櫥櫃？還是自由自在的潺潺溪流？

塗了離手邊最近的巧克力和草莓果醬，將兩片潔白鬆軟的吐司放進口裡。一口一口慢慢咀嚼，享受麵包柔軟細緻的質地。腦中不時跳出許多歷史人物，在自己的取捨間選擇主宰自我的人。他們知道嗎？當時下了決定，來到人生的蠻荒之地時，那些不可預期的下一步，他們是如何安然以對呢？

想起你，陶淵明

安靜無聲的行事曆，週一的清晨，我想起了連種個豆子都不成功的陶淵明。陶淵明可是從汲汲營營的官場人生徹底登出，還給自己一個不需要登錄公文，更不需要記載行事曆的自在人生。

陶淵明生於動亂頻仍的東晉時期，來自官宦家庭，東晉大司馬陶侃是他的曾祖父，父親、祖父皆為郡守。自曾祖父、祖父及父親，個個都在東晉為臣，但陶淵明自己一生未曾擔任高官，受王羲之及其子王凝之提拔，短暫地當過江州祭酒。後擔任鎮軍參軍、建威參軍，又在叔叔陶夔協助下當上彭澤縣令。只因不喜當時的政治生態，做了大約八十天就辭職歸故里，終生不再出仕。

好好的彭澤令不做，只是為了不願意讓自己穿上正式禮服，好迎接自己瞧不起的高官，就這麼瀟灑任性地離開升官體制的軌道。連當初說服自己任官的理由都不在乎，就這麼瀟灑轉了人生的路，義無反顧地從頭來過。那看在青年陶淵明眼裡，究竟會怎麼想中年辭官的自己呢？

〈雜詩〉 晉・陶淵明

憶我少壯時，無樂自欣豫。
猛志逸四海，騫翮思遠翥。
荏苒歲月頹，此心稍已去。
值歡無復娛，每每多憂慮。
氣力漸衰損，轉覺日不如。
壑舟無須臾，引我不得住。
前途當幾許？未知止泊處。
古人惜寸陰，念此使人懼。

誰沒有年少，陶淵明也是。為了成就自己，我們走人生一遭，於是總在尋尋覓覓的路上，此路不通便改行彼路。走在蠻荒之地，是自己年輕思遠遊的生命，也是眼底未竟未知的前途。然而什麼是年輕的生命呢？就是願意懷抱猛志走下去，相信滿眼的荒蕪，終將因為自己的鍥而不捨而成豐盈之地。此為陶淵明〈雜詩〉第五首，由首句的「憶我少壯時」，可知詩人當時的生命已步入為中晚年。

詩人在詩中，一層一層看似冷靜的自我回顧，不妨試試，剖析來時路其實並不容易，如果時間沒有在生命中粹煉成智慧，回首處多是悔恨。

陶淵明回顧年輕的自己，記憶裡是對前途充滿自信且意氣風發，「無樂自欣豫」，即使沒什麼特別開心的事，也覺得心情愉快和樂；及待年歲稍見成熟之後，「猛志逸四海」，一心只想帶著自己展翅高飛，飛去陌生遙遠的地方實踐夢想；最終隨著年事漸高，曾經的雄心壯志也慢慢淡去，由不得自己，「荏苒歲月頹，此心稍已去」，也許是體力漸衰，也許是世事多磨，本該高興的時候，往往不再如以往高興，反而莫名感到憂慮，「值歡無復娛，每每多憂慮」，詩人感受到自己身體的狀況一日不如一日，「氣力漸衰損，轉覺日不如」。

年輕時從不曾也不必擔憂的時間，此刻全成了內心的煩擾。於是詩人這麼形容他所感覺到的時間：「壑舟無須臾，引我不得住。」時間呀，你就像是順著山間溪流速速挺進的小舟，一刻也不能為我停駐。此生未竟的路究竟還能有多長？何處才是我人生小舟的停泊點？「前途當幾許？未知止泊處。」連詩人自己都只有提問，沒有答案。當時間感從模模糊糊變成歷歷在目時，不由得令人心生畏懼。「古人惜寸陰，念此使人懼」，每每意識到自己的時間已所剩無幾時，中年的陶淵明不由得害怕驚醒。

陶淵明的曾祖陶侃就曾經說道：「大禹聖者，乃惜寸陰；至於眾人，當惜分陰。豈可逸游荒醉，生無益於時，死無聞於後，是自棄也。」此時年逾半百的詩人面對時間的驚懼，珍惜寸陰的態度究竟是什麼呢？是更加積極的入世，將未竟的雄心壯志一一實踐，以不負少年呢？還是留給自己一個更真實、更完整的自己，停駐在生命最初的「「無樂自欣豫」呢？

我已經忘記那生命最初的、沒來由的歡愉了。想當時的陶淵明也如是想吧。

如果不放下滿滿的行事曆與人情包袱，如何回到最初的自己，好好地聆聽自己的生命呼喚呢？

來到花蓮吉安鄉慶修院

初春時分，我帶著一本書，陶淵明，我們來到花蓮吉安鄉慶修院。只要一提及花蓮，你會想到什麼？一望無際的海，高聳驚異的山，還是綿延到海角天涯的旅人行跡？旅人來到花蓮，多是為了遠離城市的喧囂，想到這裡尋得一方淨土，求得日常生活裡所不易遇到的寧靜與緩慢。

在花蓮鄉間，就是安靜的走著，山水為伴，最多的言語就是腳步與風聲的彼此呼喚。今天我來到花蓮，帶著陶淵明，來到吉安鄉。這是一處離花蓮市區不遠，卻是充滿著異國風情的大地。陶淵明，寫了〈歸去來辭〉後，也是帶著自己重新來到一處生命的荒蕪之地。

坐在前往花蓮的火車上，車剛過大里，龜山島遙遙相迎。翻閱〈歸去來辭〉，映入眼簾的正是打動吾心的第一段：

〈歸去來辭〉

陶淵明

歸去來兮！田園將蕪胡不歸？既自以心為形役，奚惆悵而獨悲？悟已往之不諫，知來者之可追；實迷途其未遠，覺今是而昨非。舟遙遙以輕颺，風飄飄而吹衣。問征夫以前路，恨晨光之熹微。乃瞻衡宇，載欣載奔。僮僕歡迎，稚子候門。三徑就荒，松菊猶存。攜幼入室，有酒盈樽。引壺觴以自酌，眄庭柯以怡顏，倚南窗以寄傲，審容膝之易安。園日涉以成趣，門雖設而常關。策扶老以流憩，時矯首而遐觀。雲無心以出岫，鳥倦飛而知還。景翳翳以將入，撫孤松而盤桓。

陶淵明寫下的第一句，其實也是對那個繼續困倦無感的自己大聲呼告的話語，「你呀你，快快回家去吧！」這麼急欲說服自己，眼看心靈的田園將要荒蕪了，為什麼還不回去呢？如果還要繼續讓可貴的心志受可憐的身軀所支配，何必感到失意而獨自悲傷呢？既然已經覺悟到已經逝去的再也無法挽回，就要覺悟，知曉未來的日子還可以把握機會好好追求；昔日所迷失的路途真的還不算太遠，當下的覺悟才是對的，昨日種種譬如昨日死。

讀到「舟遙遙以輕颺，風飄飄而吹衣」，火車即將進入大溪車站，眼前的龜山島依然不疾不徐跟隨我的視線。

想陶淵明當時下定決心割捨什麼，留住什麼的時候，身心一定也是像眼前的龜山島，在一片起伏不定的汪洋裡，依然安閒篤定，輕盈自在吧？

乘著船興然回家的詩人，向不遠的遠方輕輕地飛馳而去，清風陣陣飄來，吹拂著詩人的衣襟。久未回家的記憶，顯然必須重新置入新檔案。向行人詢問前面的路線，遺憾天還未亮，清晨的天色還這麼朦朧，家人可能還在甜美的夢鄉。終於看到了簡陋的家門，詩人興奮地跑上前去，僮僕們高興地相迎，久違的孩子們在門口等候著。不知何時，庭前的小路竟如此的荒蕪，唯有松樹和菊花依然依時生長著。孩子們跟前跟後的隨著詩人進入屋內，可喜的是罈子裡居然裝滿了酒，拿起酒壺酒杯，詩人就暢快的喝了起來。僅僅是看著庭院裡的樹木，就感到如此愉快，彷彿回到無所求卻依然快活的年少時光。

我放下書本，也讓自己倚著火車的節奏，靜靜隨著前行的路吐納呼吸。看著窗外的自己，在車窗底顯得舒適安穩。

火車繼續駛向東海岸。

深知這個僅可容膝的居處才是最舒適安穩，陶淵明倚著南邊的窗戶寄託情懷。每天漫步田園就是樂趣，不再需要送往迎來的徒具形式，家門也靜靜闔上它的眼。拄著手杖隨處遊息，時時抬頭眺望遠方的景物。浮雲悠閒自如地飄出了山峰，群鳥飛累了也知道返回巢窩。日光漸暗即將下山，詩人只是撫觸著孤獨的松樹，流連徘徊竟不忍離去。

回到每個生命本真，日子就不會過得如此勉強。依如〈歸去來辭〉第二段所寫：「木欣欣以向榮，泉涓涓而始流。羨萬物之得時，感吾生之行休」。樹木就是依著本性向上生長，依時蓬勃地展現自己的生機。泉水潺潺地向前，才能不絕地流著。羨慕萬物都能夠得到最佳的生長時機，不能不像陶淵明一樣，感慨自己的生命終有步入終點的一日。

車廂跑馬燈安靜的提示著火車即將抵達花蓮站。

如果不是現在的自己，年輕或是輕狂的那個自己能夠真的讀懂陶淵明的〈歸去來辭〉嗎？

慶修院
慶修院
謹賀新年

日本四國移民對於臺灣的氣候、生活環境多有所不適應，為了尋求內心安定與宗教信仰，而真言宗即為源自於日本四國，由當時日人川端滿二募建了真言宗布教所，也就成為現在花蓮慶修院的前身。

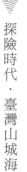

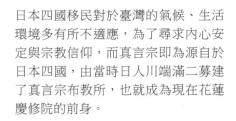

已矣乎！
寓形宇內復幾時，曷不委心任去留？
胡為遑遑欲何之？
富貴非吾願，帝鄉不可期。
懷良辰以孤往，或植杖而耘耔，
登東皋以舒嘯，臨清流而賦詩。
聊乘化以歸盡，樂夫天命複奚疑！

「已矣乎！」多瀟灑的一句話，算了吧！這句話有多久沒有出現在生命的日常用語裡呢？也許心底不時會有這樣的回音，但是總是會有另一個聲音重重的壓過它，「喂，你怎麼可以輕易放棄呢？」既然提得起，為什麼反而不容易放得下？走到了人生下半階段的陶淵明，突然明白了什麼似的，願意慢下來了，也願意好好問自己，寄託形體於天地之間還能有多少時候呢？

為什麼不順著心意來決定取捨呢？為什麼要這樣心神不定，到底要何去何從呢？富貴榮華真的是自己心所願嗎？既然神仙世界不可能達到，何必求永生呢？何不趁著大好時光一人閒遊，有時放下手杖下田除草，堆土培苗，有時登上東邊的高崗上高歌長嘯。有時走向清澈的水邊寫寫詩，就這樣順應造化，走向人生的盡頭，樂觀地聽任上天的安排，還有什麼好猶疑的呢？

驅車來到吉安鄉，為了再次拜訪日本四國八十八番石佛。原本這些石佛也曾座落於我所居住的臺北盆地周圍，同是為了安慰日治時期在臺日本人的宗教情懷。然而臺北的八十八番石佛多數已不知去向，對於日治時期真言宗「兩人同行」的遍路朝聖，只能以行旅市街，代替憑空懷想。對一個移民至異鄉的遊子而言，安定漂泊的心靈，願意來到異鄉重新開始嶄新人生，其實並不那麼浪漫吧，不容易的除了體力的勞頓外，還有身處異鄉，將會客死異鄉的不安吧。

其實在臺灣，四處林立的大小廟宇，那些最初安座山邊海隅的眾神明，不也是祖先們離開原鄉前，為自己未知未來求一依託的浮木嗎？神明們隨著無依無靠的百姓渡海來臺，不論是木雕、泥塑或是石刻的身軀，多為小巧而質樸，神情溫柔莊嚴，默默守候著每一位移民者的心靈。

花蓮慶修院內的八十八尊石佛，據說皆為日人川端滿二遵循空海大師的遺規，親身行遍日本四國島上八十八所修道寺院，一一請回而來。不能回鄉完成一生遍路之旅的吉野移民村居民能夠就近參拜，以求精神寄託。

人生即遍路

前往慶修院的路上，一處田間小路吸引了我近身向前。

至今吉安鄉永興村（昔吉野村草分部落）還留有一座大正年間自然石，大大的石頭上刻有大大「地神」二字。「地神」，是豎立於日本人部落及田地附近的聚落，依如我們的「土地公」，為農業守護神。其設置主要是為了祈祝農作物豐收、家庭平安。日本人相信地神是拿著稻穗來的神，春分時祂會到田裡頭，直到秋天回去之前，會產生農作物。目前在花蓮縣境內所發現的地神碑，自然石與五角柱兩種都有。其中自然石地神除了吉安鄉，另有位於豐田村大平部落（壽豐鄉豐坪村）、瑞穗村玉苑部落（瑞穗鄉瑞北村）及林田村中野部落（鳳林鎮大榮里）；五角柱地神則位於瑞穗村玉苑部落（瑞穗鄉瑞北村，現在立於面對三元宮左側前方）。

我放下隨身行囊，倚坐地神碑前，讀著陶淵明的〈移居〉二首。

這組詩寫於晉安帝義熙六年（西元四一〇年），當時陶淵明四十六歲。義熙元年（西元四〇五年）棄彭澤令返回柴桑，住上京里老家過著田居生活。義熙四年（西元四〇八年）六月，陶淵明舊宅失火，暫時以船為家。兩年後移居潯陽南里（今江西九江城外）之南村村舍。〈移居〉當是移居後不久所作。

吉安鄉永興村（昔吉野村草分部落）田間還留有一座大正年間自然石，大大的石頭上刻有大大「地神」二字。「地神」，是豎立於日本人部落及田地附近的聚落，依如我們的「土地公」，為農業守護神。其設置主要是為了祈祝農作物豐收、家庭平安。

〈移居〉　陶淵明

昔欲居南村，非為卜其宅。
聞多素心人，樂與數晨夕。
懷此頗有年，今日從茲役。
敝廬何必廣，取足蔽牀蓆。
鄰曲時時來，抗言談在昔。
奇文共欣賞，疑義相與析。（其一）

春秋多佳日，登高賦新詩。
過門更相呼，有酒斟酌之。
農務各自歸，閒暇輒相思。
相思則披衣，言笑無厭時。
此理將不勝？無為忽去茲。
衣食當須紀，力耕不吾欺。（其二）

不知道當時的日本人自四國移居花蓮後，他們的生活環境是否優於原鄉？從「七腳川事件」的相關記載，可知當時的花蓮並非無人居住，原住民已在此處擁有自己的部落生活，殖民政府為了解決內地貧困問題，懷抱移民夢落腳於此。那麼原住民要落腳何處呢？即使在日本政府的安排下移民者進住日本屋舍，也是得和當地原居住者比鄰而居。不論文化習慣、生活傳統、語言溝通都如此不同，要如何重新開始，安置自我呢？

想想陶淵明一介文人，倒是能隨遇而安。「昔欲居南村，非為卜其宅。聞多素心人，樂與數晨夕」，「素心人」才是難能可貴之人。他從前想移居住到南村來，本來也不是為了要挑什麼好宅院，只是聽說這裏住著許多純樸的人，衷心期盼與他們共度每一個晨昏。其實念頭雖有，也居然拖了好多年，直到今日才能真的履行與自己的約定。「敝廬何必廣，取足蔽牀蓆」，割捨的是慾望，留下的是生活基本所需，一切都顯得清明。滿足的不再是送往迎來，高官互捧調笑，而是最簡單卻也最容易忽視的生活常態，「鄰曲時時來，抗言談在昔。奇文共欣賞，疑義相與析」，只要鄰居朋友常常來家裡聊聊，暢所欲言談談過往；見有好文章一同欣賞，遇到疑難處一同鑽研分享。

順應四季，遇春秋兩季的舒爽好日子，便同友人一起登高吟誦新詩。經過門前隨興招呼，如果剛好有酒，大家就同飲共歡。有農活便各自歸去辛勤幹活，遇閒暇時則又互有牽繫，「相思則披衣，言笑無厭時」，這是多麼隨意有深情的朋友默契呀！

當初為了一天的空白行事曆惶惶不安，我坐上火車，沿東海岸前行。來到此處，我真的找到任何生存的理由嗎？如果火車是慢的，我欣羨於慢活的樂趣，那平日走路的速度又豈會快於火車？想起陶淵明在〈飲酒〉（其五）的兩句詩，「此中有真意，欲辨已忘言」，那些人生的真意，可會是年輕生命就能參悟的呢？

〈飲酒〉　陶淵明

結廬在人境，而無車馬喧。
問君何能爾，心遠地自偏。
採菊東籬下，悠然見南山。
山氣日夕佳，飛鳥相與還。
此中有真意，欲辨已忘言。

這首詩也充分呈現了陶淵明的生活旨趣，當時魏晉最重玄學，雖然陶淵明不是玄學家，但他也在「言意之辨」中體會「不言而喻」的純樸心境。「結廬在人境，而無車馬喧。問君何能爾，心遠地自偏」，難的不是「結廬人境」或是避居山林，難的其實是「心遠」這回事。我們已非文明尚未開化的古人，非得要避居山林才能求得生命真諦嗎？

樓下有小七，隨手發簡訊，任何時候我們都可能需要生活的便利與生存的需求。「心遠」，是與權力、地位、名譽的距離，是能夠諦聽自己，寡求少欲，不過度自惱的生命位置。陶淵明也是到了中年，才找得安置自己的最舒適位置。「採菊東籬下，悠然見南山。山氣日夕佳，飛鳥相與還」，安靜聽到大自然的生息，陶淵明讓自己的生息回到大自然的懷抱，與飛鳥一同作息，與菊花一同生滅。天人合一的心懷，即使結廬人境，依然清楚照見自己最純粹的呼息。

不只是陶淵明的時代，社會隱然自有一套公認的價值標準，年紀愈大愈能看見，愈能看見也預備等著被控制左右，權力、地位、名譽清楚劃分社會地位與生存價值。細數我們一生究竟有多少的枷鎖緊緊束縛著我們？人在世上，總要找到自我生命的價值，安身立命，否則就易處在焦慮和不安之中。陶淵明歷經官場，在自我扭曲與自我實現中掙扎，經歷的自己教會他深深懂得：要透過社會地位獲得自我肯定，必須費盡心機鑽營、有何尊嚴可說？於是他終於懂了，心甘情願從官場中退出，為自己的存在找到新的生命解釋。

日治時期許多定居吉野村的日本人也是吧，就這樣接受日本政府的安排，定居在名喚「吉野村」的吉安鄉，當時曾是第一個官營的日本移民村。當時移民的信仰以佛教為多，其中又以淨土真宗本願寺派為多數。初期共有移民六十一戶、兩百九十五人，多來自四國德島縣吉野川沿岸，故名「吉野村」。該移民村成立之後，陸續建立吉野圳、吉野神社、真言宗吉野布教所（現慶修院）、吉野村尋常高等小學校（現吉安國小）、醫療所等公共設施，在大正末年，已規模完備大正八年（西元一九一九年）時約有三百二十七戶共一六九四人；其中含宮前部落一三五戶、清水部落一二五戶、草分部落六七戶。至西元一九三三年時，全村則約有三百戶、一三一八人。

歷史在這裡安靜的敘述著曾經的故事，吉野神社當時以每年六月八日為祈年祭，祭典結束村民即於神社演奏神樂，舞獅與角力大賽。現在的吉野神社只剩幾尊殘破的石燈籠遺構，還有那隱然若現的表參道，曾經的本殿等建築早已灰飛煙滅，空曠的草地上，新設立的幾處客家文化機構，三兩遊人尋幽訪勝，幾株老樹似乎隱隱訴說著當年的風景。

土地上的人們安靜地隨歷史的變遷，順應著風起雲湧的物換星移。所以我希望你來，來認識這片土地，看看這裡曾經喚作「吉野村」的吉安鄉，如何從日本殖民時代開始移民第一村，如何讓仍沒有花蓮港時代的花蓮海岸，開始迎接日本四國一批批陌生的四國子民。

歷史無言，以萬物為芻狗。

你看見了嗎？現在的吉安鄉仍是好山好水，許多巷弄規劃方正整齊，僅存的幾間日式房舍可以想見昔日規劃完善，雖然已多成塵土，人事全非，但是格局仍在，仍可想見安土重遷的日本四國移民，是如何想在此處新樂土上安身立命。你覺得他們會想終老於斯嗎？會視這一片美麗卻荒蕪的洄瀾之地為自己的永恆的家園嗎？

既然命運是無可預料，不論是殖民異土的日本人，過唐山渡黑水的唐山公，或是二十一世紀的你我，這永遠是我們生命的課題，當我們形體受到限制時，我們的靈魂如何安適？如何超越形體呢？

此處曾為日治時期「吉野神社」，現為「吉安好客藝術村」，歷史在這裡安靜的敘述著曾經的故事。當時以每年六月八日為祈年祭，祭典結束村民即於神社演奏神樂，舞獅與角力大賽。現只剩幾尊殘破的石燈籠遺構，還有那隱然若現的表參道，曾經的本殿等建築早已灰飛煙滅，空曠的草地上，新設立的幾處客家文化機構，三兩遊人尋幽訪勝，幾株老樹似乎隱隱訴說著當年的風景。

台灣經典/山城小鎮
好客藝術村

一到假日，慶修院門前滿滿人潮，這裡在數年前還是一處鬧鬼的地方，當地人的童年記憶都有這麼一段鬼故事，鬼其實一直不知道躲在哪裡，沒看過小朋友嚇到過，卻在大人的世界裡成了訓誡孩子的最佳工具。大人都會這麼恐嚇小孩：「如果你再不乖，就把你關到慶修院！」小朋友一聽到要丟進慶修院，那些缺臉缺鼻的野石佛突然半夜起身找你，嚇得趕快改邪歸正。

直到近幾年才由花蓮縣政府文化局重新整修，一個當時的「布教所」才儼然從時間的彼端駕著時光機回來。

第一次來到慶修院，我也是駕著時光機來的。今天，我帶著陶淵明一起來。我們一起搭著時光機，將自己放進淺淺深深的回憶裡，沿著藍色海岸線，一波一波的邀請自己，慢慢在時間裡來回踱步，沈澱不停前進的自己。

我們可以容許自己停下來嗎？我們可以寬容自己不要做一個勇者嗎？像個陶淵明，找回最初的淡然悠遠嗎？

來到慶修院之前，我對這裡真是一無所知，以為這裡，不過又是一處廟宇，裡面可以接受信徒的膜拜、祈求甚至是捐獻。你的信仰是什麼？不，我應該這樣問你，你覺得人生在世，需要相信什麼？甚至是有一份宗教信仰嗎？相信自己不夠嗎？

有求必應，連對自己都做不到，怎麼會去相信一個又一個看不到的神祇呢？

來到慶修院之前，我想的也不過就是又一處古蹟，或是宗教聖地。直到我開始了解日本四國真言宗八十八番石佛的歷史，對人生走一遭這回事又有些新的體悟了。

當時日本移民對於臺灣的氣候、生活環境多有所不適應，為了尋求內心安定與宗教信仰，而真言宗為源自於日本四國的宗教信仰，由當時日人川端滿二募建了真言宗布教所，也就成為現在慶修院的前身。昔日真言宗開基時，弘法大師空海時年四十二歲，在四國苦練修行，並設立了八十八處修道靈場。當時的信眾為追隨空海大師布道的路線，便步行拜訪這八十八處靈場，遂形成今日的「四國遍路」。目前慶修院內的八十八尊石佛，據說皆為川端滿二遵循空海大師的遺規，親身行遍日本四國島上八十八所修道寺院，一一請回而來。好讓不能回鄉完成一生遍路之旅的吉野移民村居民能夠就近參拜，以求精神寄託。

我也拿著一本在商店販售的「集印帳」，煞有其事的俯身，一一慎重的印下代表每尊石佛的印章。一趟下來，腰痠又頭暈，但是，這在當時真言宗的信眾而言，會是多麼莊嚴的一趟還願之旅呢？弘法大師空海曾寫到：「心靈澄淨，宛如寧靜的水面般映照此世。自己和別人毫無隔閡，心境自由，不受任何事物妨礙。心靈猶如大海，映照萬事萬物。」不論是跟隨著弘法大師的腳步來一趟四國遍路之行，或是帶著陶淵明的詩文來到花蓮，沈浸在哪一個時代的山海景色裡，我真能體會心靈的澄淨、祥和嗎？

昔日真言宗開基時，弘法大師空海時年四十二歲，在四國苦練修行，並設立了八十八處修道靈場。當時的信眾為追隨空海大師布道的路線，便步行拜訪這八十八處靈場，遂形成今日的「四國遍路」。

我也拿著一本在商店販售的「集印帳」，煞有其事的俯身，一一慎重的印下代表每尊石佛的印章。一趟下來，腰痠又頭暈，但是，這在當時真言宗的信眾而言，會是多麼莊嚴的一趟還願之旅呢？

〈歸園田居・其一〉　陶淵明

少無適俗韻，性本愛丘山。
誤落塵網中，一去三十年。
羈鳥戀舊林，池魚思故淵。
開荒南野際，守拙歸園田。
方宅十餘畝，草屋八九間。
榆柳蔭後檐，桃李羅堂前。
曖曖遠人村，依依墟里煙。
狗吠深巷中，雞鳴桑樹顛。
戶庭無塵雜，虛室有餘閒。
久在樊籠裏，復得返自然。

這組廣為人知的五言詩〈歸園田居〉共計五首，每一首皆膾炙人口，是陶淵明於晉安帝義熙二年春天（西元四〇六年）的作品，也正是辭去彭澤縣令，歸田隱居的第一年，時年四十二歲。

這是第一首，也正是陶淵明的代表作，詩中各種大自然的意象：鳥、魚、南野、草屋、榆柳、桃李、遠村、煙、狗吠、雞鳴，一切都在詩人娓娓道來下，顯得自在悠遊，生機無限。「少無適俗韻，性本愛丘山。誤落塵網中，一去三十年」，此詩開宗名義即說出詩人對山林的愛好乃是天性，仕途一如塵網，離開從小喜愛的大自然，去追逐汲汲營營的官場生活是如何違背著他的本心。「羈鳥戀舊林，池魚思故淵」，詩人說自己就像籠中鳥般依戀著山林，尋回心靈的原鄉，也像池塘裡的魚般思念記憶裡澄澈無垢的湖水。回到開荒與守拙的初心，才能日日與大自然草木蟲魚為伍，安心歸回園田。

「方宅十餘畝，草屋八九間。榆柳蔭後檐，桃李羅堂前。

曖曖遠人村，依依墟里煙。久在樊籠裏，復得返自然。」

在外闖蕩了三十餘年，當初離家的自己，繞了一大圈，一切並不白費，只是當時怎知又會再度回到嚮往已久的田園？住宅四周有十餘畝的田地，幾間草屋座落其間。前後院植有榆柳、桃樹、李樹，遠處村莊依稀可見裊裊升起的炊煙。「狗吠深巷中，雞鳴桑樹顛。戶庭無塵雜，虛室有餘閒」，也是因著詩人的心境全然澄澈，放下如塵網般的名利、地位，才能聽見大自然最初的聲音。

從狗吠雞鳴，回到無聲靜謐的室內，以「無塵雜」襯出「有餘閒」的氛圍，營造出陶淵明當下生活的田園風貌。「久在樊籠裏，復得返自然。」最末總結的兩句道：既是回應先前的羈鳥池魚，更是與那個誤落塵網中的自己悄悄對話，哈哈，你呀你，恭喜你，終於得到了自由。這樣一首不落鑿痕的詩，不但展現了詩人的生命情懷，自在灑脫，更在千百年文明累進的幽光裡，深深喚起無數心靈的共鳴。

弘法大師空海曾寫到：「心靈澄淨，宛如寧靜的水面般映照此世。自己和別人毫無隔閡，心境自由，不受任何事物妨礙。心靈猶如大海，映照萬事萬物。」不論是跟隨著弘法大師的腳步來一趟四國遍路之行，或是帶著陶淵明的詩文來到花蓮，沈浸在哪一個時代的山海景色裡，我們真能體會心靈的澄淨、祥和嗎？

〈歸園田居・其三〉 陶淵明

種豆南山下，草盛豆苗稀。
晨興理荒穢，帶月荷鋤歸。
道狹草木長，夕露沾我衣。
衣沾不足惜，但使願無違。

然而陶淵明的回歸田園，真的就能養活自己嗎？復返自然之後，就一切順心如意嗎？〈歸園田居〉的第三首，讀來不禁令人莞爾一笑，但也忍不住替他捏一把冷汗！這首節奏明快、率性任真的詩，道出了田園生活之大不易，現實層面其實仍是困難重重，只是看自己是否願意，也期待著另一個願意面對現實問題的自己。

「種豆南山下」，生活在田園，當然需要面對耕種之必要，可惜耕種不是浪漫的事，悶頭努力的結果，竟是「草盛豆苗稀」。面對大自然所帶來的損害，詩人即使「晨興理荒穢，帶月荷鋤歸」的勤奮付出，老天爺未必賞光，未必有如期的收穫。為了溫飽肚子，負擔家計，詩人每天從大清早忙到晚上，從荒蕪到熟成，看老天爺的臉色，也看自己在農家的生活是否刻苦且實際。不容詩人有一絲的懈怠。

如同蘇東坡對此首詩的評語：「以夕露沾衣，可見違其所願者多矣。」，現實仍多凶險，不是逃離的官場，現實生活就否極泰來。緊接著下句「道狹草木長，夕露沾我衣」寫的是實景，也暗藏著現實處境的寓意。然而，無論實踐理想生活的這條道路，是多麼的艱困不易，決心面對自己的陶淵明不以為苦，即使衣服沾濕了露水，只要不違背自己最初的心意，一切的自己都是歡愉而自得的。

王國維曾說，詩人的觀物是「通古今而觀之」，不「域於一人一事」（《人間詞話刪稿》），其「所寫者，非個人之性質」，而是「人類全體之性質」（《紅樓夢評論・餘論》）。〈歸園田居〉這首詩所寫的人生哲理不正如王國維所說的嗎？陶淵明從田園生活裡所領悟的人生哲理，已超越了個人一事，帶有普遍性、必然性，一如日本真言宗的「人生即遍路」。

我也曾在日本四國八十八番遍路的朝聖路上，不時會與「人生即遍路」的石碑相遇。此碑大有來頭，是著名日本俳句詩人種田山頭火的名句。遍路，不只是宗教的修行之路，有些是為了祈求健康或平安，有些人則是為了追思逝去的故人，或是為了暫時離開平日的生活，希望與自己獨處，尋找自我。作為四國遍路重新受到矚目。

我們的人生，不也是一趟啟蒙之旅嗎？歷經發心、修行、菩提、涅槃，追尋自己，療癒自己，而陶淵明的詩文，正也說明這些難能可貴、卻近在咫尺的人生哲學。

攝影：周威廷

陶淵明在哪裡？

陶淵明

陶淵明，字元亮，又一說名潛，字淵明，號五柳先生，私諡「靖節」，東晉末期南朝宋初期詩人、文學家、辭賦家、散文家。東晉潯陽柴桑人（今江西九江）。東晉大司馬陶侃曾孫，曾任江州祭酒、鎮軍參軍、建威參軍，候任彭澤縣令。因厭惡當時政治，做了八十一天就辭職歸故里，隱居不再出仕。梁昭明太子蕭統搜求陶淵明遺世作品，編為《陶淵明集》。

旅人的對話

- 閱讀陶淵明，你讀出什麼屬於你的人生況味呢？
- 你是如何尋得生活裡的一方淨土？
- 你覺得追求日常生活裡的寧靜與緩慢很重要嗎？為什麼？
- 陶淵明選擇棄官歸田，是「隨遇而安」嗎？留在官場上不能做到「隨遇而安」嗎？你覺得屬於你的「隨遇而安」是什麼表現？
- 當你身居花蓮，不管是旅遊或是生活，有沒有自己特別喜歡或感受到寧靜與閒適的地方？

二、迷失在臺南中西區的浪漫

旅讀地圖：

- 臺南葉石濤故居
- 萬福庵
- 葉石濤文學館
- 算命巷（葫蘆巷）
- 蝸牛巷
- 祀典武廟
- 大天后宮
- 新美街（米街）
- 國立臺灣文學館
- 湯德章紀念公園

退回到自己：柳永與葉石濤

今天，我想來點不一樣的。

最近志玲姐姐和伍佰哥哥都會不時跳進螢幕裡，一次次提醒買家的話，其實滿洗腦的。我也常常想起這句話，尤其是晚上失眠的時候。

不一樣，不一樣，不一樣。

盯著慘白的天花板，一點點浪漫的月光都沾不進邊。我問自己，如果我讓自己更隨心所欲一點，會不會日子過得比較不一樣呢？

每天按表操課，日子過得平平順順，相對於多災多難的地球，其實那真的是福氣，我知道。但是，我還是很想期待人生有一點點不一樣。不是來點不一樣的外賣，你說，我這是奢求嗎？

不一樣是什麼?你用充滿狐疑的眼神看著我。買個新包包?換個新髮型?或著,換個新工作,把老闆給換了?你說,我的想法很好,但是,我真的知道那期待到來的日子,三百六十五天裡某個不一樣的日子,我真正想望的模樣是什麼嗎?

如果期待的日子不只是一天,天天都是不一樣的三百六十五之一,那麼不一樣又是怎麼比較出來的呢?

我想到許多默默無聞的人,包括我自己,不知道他們的生命,乃至於與我之間,到底有什麼不一樣。我也想到一些我所知道的今古名人,他們的不一樣,得以讓我們認識他們。他們是因為在人生裡創造突然而來的境遇,讓他們得以不一樣嗎?在當時,他們的不一樣是受到萬眾矚目的讚譽嗎?他們的不一樣,可能被睥睨被排斥,曾經被迫改變了自己嗎?為了成為俗世所能接受的模樣,成為世人認同的那個自己嗎？如果當時的他們成功了，成為眾人眼中的「最安全的模樣」，今天的我們還會認識他們嗎？

終究，他們是失敗了。

所以他們退回到自己，盡情做自己，成為云云眾生裡少數不一樣的人。

我想起了九十多年前出生臺南的臺灣作家葉石濤，還有那一千多年前出生山東的北宋詞人柳永。懷抱不同於當代氛圍的生命情懷，讓他們寫下了耐人尋味的藝術作品。

今天我想來點不一樣，讓他們兩個在臺南，這座不一樣的城市裡互相認識。我想，如果生在同一個時代，他倆一定是惺惺相惜的。因為，在我眼裡，他們兩個都是懂得浪漫情懷的人。

我這房間是名符其實的蝸居，
狹窄、灰黯，家徒四壁。— 葉石濤

九十多年前出生臺南的臺灣作家葉石濤，還有那一千多年前出生山東的北宋詞人柳永。那種不同於當代的生命，讓他們寫下了耐人尋味的藝術作品。

兩個懂得浪漫情懷的人

柳永，曾經努力的成為社會洪流的一名高雅知識份子。需要的考試，他努力去考；需要的名利，他也沒有刻意拒絕。沒想到是自己寫出來的好詞害了自己，一首〈鶴沖天〉裡的「忍把浮名，換了淺斟低唱」，無意間透露了自己的真心，一點點的浪漫，惹得全朝廷的老大宋仁宗不高興，送他一個人生的大禮：成全他！讓他遠離浮名！他努力追求，近五十歲了，終於考中科舉，如願做了一名公務員，沒想到此後流宦各方，多任職各地的下級官吏。

葉石濤，一個學校的教員，只是喜歡書裡的知識，好在險惡的時代裡找尋生命的出路。沒想到對大時代一點點的浪漫思想，害他坐牢三年。出獄後，封筆多年，躲在自己的家鄉像個驚弓之鳥。日日來回臺南小巷，看著日子流逝，生命無聲，只求活著。對他來說，作家就像一頭「吃夢獸」，吃了一個夢就想吃第二個、第三個，對文學的憧憬和熱誠，讓他的筆停不下來，便開始在尋常生活的巷弄裡尋求靈感。他養的這頭吃夢獸，無法讓他豐衣足食，日子過得並不浪漫，生命中經歷過兩次語言的轉換，就像啞巴似的有苦難言。寫作的靈魂如一頭「吃夢獸」，害怕牠，卻又日日甘願與牠為伍，寫下一篇篇以臺南尋常巷弄為背景的小說。誠如他自我解嘲時說：「哪裡知道這個夢獸也需要靠麵包生活，而麵包並非終日做夢就可得到的呀！」

不一樣的人生，就是擁有這樣浪漫的靈魂。不是日子過得與眾不同，而是能夠「發現」日子裡的與眾不同。

那可是需要「想像力」。

一般人總是錯解浪漫，以為那是「濫情無度」或是「天真爛漫」的代名詞。其實「浪漫」是一種勇於想像與實踐的革命情懷，一種

不妨先從「新美街一號」開始走入臺南巷弄。
穿梭臺南中西區巷弄總帶給旅人莫名的驚喜。

對自我、理想，或是對美好時代的勇敢想像。於是，英國浪漫主義詩人拜倫參加希臘獨立戰爭，擔任司令，終為理想而死。而北宋的柳永，寫下了不見容當代知識份子的俚俗慢詞，創新眾多詞牌，贏得青樓女子爭相歡唱；葉石濤寫下臺南巷弄的庶民生活，為內心存有的浪漫情懷，尋得一方永恆的沃土。

我喜歡我們這座島嶼的春天。

尤其是這幾年，因為氣候變遷，整座島嶼開始逐漸失去了春天和秋天。還好，每當春天來時，沈浸在櫻花盛開的粉紅泡泡裡，讓我們憶起了還有春天。

我喜歡櫻花，喜歡繽紛的花海飄散著迷離煙霧。櫻花是異國的魂魄，引得樹下的人們飛向青春日劇的彼端。這和臺灣鄉間的花語很不相同，深紅嫩黃艷紫的，一簇一簇各自美麗。

開始深入認識臺南是約莫五年前的事。那時先從「新美街一號」開始走入臺南巷弄。穿梭臺南中西區巷弄總帶給我莫名的驚喜，那是我這個臺北俗不曾有的體驗。蝸牛巷，因著葉老的故居聞名，他在〈往事如雲〉裡有一段話：「在這蝸牛巷的巷頭買了老屋居住，貪的是這巷路位於府城西門町最繁華的宮古座戲院後頭，是鬧區中幽靜的山谷的關係」。取名蝸牛巷其實有點嘲諷，嘲諷一種「蝸居」的窮困境遇，但是寫在小說裡卻充滿了人生幽暗的想像。

臺北總是妝化得濃了多了，像經過紳士名媛身邊，迎面而來的風是花果般的甜香，那是昂貴名牌的宣示，宣示身份和地位，也許還外帶一些昨日夢裡的驕傲。即使巷弄老屋前一排排看似無意的行道樹，也是修枝的恰到好處，總少了點原始的驚喜。臺南的巷弄就不一樣，你可以說是妝點在遲暮女人的胸前，你也可以看她們是花園裡無心滋蔓的永生太陽花，不是需要特別認真看待的美麗，彷彿渾然天成。

但是，這些花兒的主人，真的全然無意對待嗎？

初到臺南時，習慣以臺北人的速度經過，腳步行止，看 google 地圖指定名勝，欣賞古厝老屋窗花勝過花團錦簇。等待自己的腳步也愈來愈像一個臺南人時，才發現到，哇，幾乎每一家門前都種著自己的花。看似每盆花每個角落都是隨意擺放，但是，為什麼大家看起來像是在較勁呢？曇花、含笑花、茉莉花、玉蘭花、梔子花，還有蔓生四溢的金錢草，這些，絕不可能隨意生長的吧。所以走過小巷弄的心情，開始增加了好奇心，這些花景背後的秘密。我忽然想起曾有位臺南的朋友說，臺南人呀，其實是貴族的後裔。

但是，竟然讀葉石濤的小說也是這樣的心情。

蝸牛巷，因著小說家葉石濤的小說聞名。小說家取名蝸牛巷其實有點嘲諷，嘲諷一種「蝸居」的窮困境遇，但是寫在小說裡卻更充滿了人生幽暗的想像。

帶你走一趟葉老的葫蘆巷

我來帶你走一趟葉老的葫蘆巷。我對葉老浪漫情懷的理解，也是從這一條巷子開始。

葫蘆巷，又名算命巷或是抽籤巷，位於永福路二段二二七巷，全盛時期約有五至七家算命館，目前看起來只剩下三家，現在的熱鬧喧嘩多是外地遊客的尋幽訪勝。我們可以從大天后宮旁的巷子開始走，這條小小的巷弄，其實是新美街的中段，也就是民族路到民權路之間。北段為成功路到民族路之間的米街，南段則是民權路到民生路之間的帆寮街。因為巷道呈二十五度至三十度角之斜坡，巷道彎曲像似葫蘆外型，清代又有「葫蘆巷」稱號。據說前清舉人曾以「葫蘆巷竹枝詞」二十首描述這條巷道，現在走進這條古老神秘的街道，「葫蘆巷」依然呈現著與眾不同的時空氛圍。

但是，在〈葫蘆巷春夢〉裡，葉石濤卻是這麼描寫葫蘆巷的，「現今的葫蘆巷實在是令人洩氣的地方；它是一條愛湫隘、邋遢的巷路。它可悲的慘況不由得令人搖頭嘆息；由於房屋毗連，人丁甚旺，到處傾倒垃圾，杜塞的陰溝溢出的汙水無處不流瀉，使人找不出一處可以落腳的乾淨地方。」然而，在這如齷齪盲腸般的葫蘆巷裡，住著一位名喚茉莉的小姐，當這位小姐的名字出現在小說主角銅鐘仔的第一人稱敘事觀點裡，我突然理解葉老在一開始如詩一般的描述了，「那夜月光如水。我從塑膠工廠做完工回到葫蘆巷來。皎潔的月光正流瀉在關帝廟的琉璃青瓦上。」

這樣私密的愛戀，在銅鐘仔這個喪妻多年的小人物眼裡，不是多麼偉大，也不會對自己有多麼可歌可泣的粉紅泡泡。戀愛想像，不過就是夜晚經過茉莉小姐的門前，偷偷想像著屋內的幽香。

月光如水呀！再醜陋、典雅、淫蕩的小巷，月光的皎潔依然無私的流瀉。

星期二
在這蝸牛巷巷頭買了老屋居住，
貪的是這巷路位於府城西門町
最繁華熱鬧的「宮古座」戲院後頭，
是鬧區中幽靜的山谷的關係。
— 葉石濤
<往事如雲>

小說家葉石濤在〈往事如雲〉裡有一段話：「在這蝸牛巷的巷頭買了老屋居住，貪的是這巷路位於府城西門町最繁華的宮古座戲院後頭，是鬧區中幽靜的山谷的關係」。

這就是葉老的浪漫，有點莫名的哀傷。因為卑微，因為不能自我預想的宿命，也因為來自人情單純的仰望，像充滿生命力的花，只要生長枝頭，管他大小，種在哪裡，都理應理直氣壯地充滿希望。任何的花，在葉老的筆下，都會像這株生長在葫蘆巷的茉莉，只要有機會生長，都將擁有屬於自己的姿態。即使路過的人無意欣賞，也無礙她們的存在。

一朵朵是這麼潔白幽香，卻仍是無法昂然挺立的嬌羞模樣，不過就是一株巷底茉莉。你也可以看她是卑微的，因為，你是站在疼惜她的心情，所以茉莉的幽香，不是巷弄恣意生長的情慾，而成了因憐惜而衍生的愛意。沒有背景的考量，無關乎海誓山盟的七世來生，當下盛開的花蕊，就是這世間獨一無二的絕美。

生命獨一無二的價值，這樣的無上浪漫，體現在葉老悲天憫人的眼光。

忍把浮名，換了淺斟低唱

在柳永的詞裡，追求的價值也是如此獨一無二，雖然你可能以為這只不過是俗世情愛的表現罷了。

〈鶴沖天〉 柳永

黃金榜上，偶失龍頭望。明代暫遺賢，如何向。未遂風雲便，爭不恣狂蕩。何須論得喪，才子詞人，自是白衣卿相。

煙花巷陌，依約丹青屏障。幸有意中人，堪尋訪。且恁偎紅依翠，風流事，平生暢。青春都一餉，忍把浮名，換了淺斟低唱。

這首〈鶴沖天〉第一句，柳永便開門見山的寫出了考進士落第的遺憾與心願。雖然將仕宦生涯的不遇，柳永亦不例外的轉化為對功名利祿的厭倦，甚至蔑視。但是，在才子共有的情懷之外，柳永的坦率吐露，更多了一份對自我人生的坦白醒悟。

當我們所遭遇的一切並不如意時，接下來，如何自處與善待自己，成了比「追求成功人生」還重要的事。柳永在前三句就將遺憾轉為自我安慰，反正名落孫山只是偶然，一時

葫蘆巷，又名算命巷或是抽籤巷，位於永福路二段二二七巷，全盛時期約有五至七家算命館，目前看起來只剩下三家，現在的熱鬧喧嘩多是外地遊客的尋幽訪勝。

的失意何必論得失？反而眼前的青春稍縱即逝，還不如到熟悉自己的青樓裡找尋生命知音吧。一任自己隨心所欲，回到做個「才子詞人」的自己，何須在乎「浮名」？不如沉湎於「煙花巷陌」、「丹青屏障」，承認淪落煙花為妓的女子是為知己，自己的詞曲由她們欣賞，爭相傳唱，兩兩憐憫，心心相惜。

最後一句「忍把浮名」夠點睛，雖然仍有辛酸蒼涼，「忍」字中透露無疑，但能在生命中找到這樣一個出口，悲傷得以釋懷，沉重的心也能有所舒展，即使蔑視功名利祿，即使對當時朝中執政者有所不滿。

往後千年，失意者每每讀此詞，亦能獲得自我的生命出口。

我們真的能像柳永詞裡寫的那般瀟灑豁達，「幸有意中人，堪尋訪」，日子就會輕盈在在多了！二十一世紀的今日，走在臺南中西區「算命巷」裡，看著一些傳統的算命行業依然存在，就不難理解，人呀人，若能完全成為自己命運的主人，好好持守著自我意念，瀟灑度日，那古老的算命巷還會存在嗎？

從葉老筆下繁花似錦的溫柔裡，臺南中西區總默默長出看似無意的幾棵果樹，可以看出葉老認定追求浪漫情懷的必要。像〈葫蘆巷春夢〉裡的銅鐘仔，當決定帶著略施晨妝的茉莉，告別這條城市裡齷齪的盲腸時，腦中企盼的是回到自己的故鄉，在那兒和茉莉生幾個出色的孩子，養一堆豬仔，重操舊業栽種果樹。

「找到一塊可供紮根生長的土地。」銅鐘仔說。茉莉不再飄零。

這樣的情愛浪漫，來自草本花木，卻也朝生暮死，令人無助無依的害怕。當我們跟著走進葉老的〈萬福庵〉裡，走進臺南中西區的萬福庵附近，彷彿聽到葉老說，那裡是府城最隱密寧靜的一個角落。從敞開大院落的後門進去，葉老說，後門這邊是好大的院子。青苔密生的牆壁上爬滿的曇花，也種下了無花果、含笑花、茉莉花、玉蘭花、梔子花，依照四季別，依次開花，所以花香撲鼻，叫人不忍離開。只是長著果子的無花果，「很可惜，除兩棵無花果之外，姑媽不種果樹，這對附近的小孩來說，未嘗不是憾事。」，葉老這麼寫著。

所以，當〈萬福庵〉裡的「阿淘」在龍眼樹下抬頭看見施月紅時，那隱隱然的不安已經在花香撲鼻的浪漫時空裡發酵著。手撐玫瑰花圖案鮮豔陽傘，身著潔白洋裝的月紅讓「阿淘」眼睛一亮，從「阿淘」眼裡看到的「是個成熟而衰老，帶著某種權威的智者」。就這麼坐在蜜蜂嗡嗡叫著、蟬鳴不絕如縷的龍眼樹下談天的兩個人，你能想像會有什麼浪漫火花嗎？浪漫的「阿淘」聽得入迷了，而月紅呢？自他人口中得知，「說是阿淘是搞文學的，沒出息，跟著他說不定會變成討飯的。」

只能說，阿淘如落花，月紅如流水。兩情相悅的美好，現實世界總難單方面的說愛就愛。

便縱有千種風情，更與何人說？

從這首柳永傳頌千古的名作〈雨霖鈴〉，就可以理解詞人一定也很能體會葉老〈萬福庵〉裏的阿淘知音難尋的落寞感受。空有個人浪漫情懷，缺少知音相伴，難免讓人惆悵。

1925 年，日本在此創建臺南山林事務所，負責培育管理林產。2012 年 8 月 11 日，山林事務所更名為葉石濤文學紀念館，展出作家葉石濤生平、作品與相關文物，成為文學大師的紀念館。

〈雨霖鈴〉

柳永

寒蟬淒切，對長亭晚，驟雨初歇。都門帳飲無緒，留戀處，蘭舟催發。執手相看淚眼，竟無語凝噎。念去去，千里煙波，暮靄沉沉楚天闊。

多情自古傷離別，更那堪冷落清秋節！今宵酒醒何處？楊柳岸，曉風殘月。此去經年，應是良辰好景虛設。便縱有千種風情，更與何人說？

這首千古名作，相信你一定對「多情自古傷離別」很有印象吧。其實，我想我們一起走在葉老的臺南小巷，分享的不僅是一般旅者喜愛的臺南古城氛圍，更多的是，葉老在小說裡營造的浪漫情懷。那種存在於與自己相處後的孤獨，不是歡愉熱鬧的密度與熱度，而是一點點的惆悵所留給自己的空間。

剛好可以允許自己，在孤獨的世界裡安放無上的想像力。

夏末秋初的蟬聲叫得如此淒涼而急促，長亭送別，此刻正是傍晚時分，一陣急雨剛過。在京都城外設帳餞別，卻沒有絲毫暢飲的心緒。正在依依不捨的時候，船上的人已催促著詞人快快出發。握著手凝視著彼此，熱淚盈眶，千言萬語都噎在喉間說不出口。「念去去、千里煙波，暮靄沉沉楚天闊」，一想到今日一別，離開彼此的不只是形體，更是如千里煙波、暮靄沉沉般的寂寞心靈。詞人心中，暗暗揣想著，此去一別，不知何時才相聚。

自古以來多情的人最傷心的時刻就是離別，更何況在這蕭瑟冷落的初秋，這離愁更難消受。「今宵酒醒何處？楊柳岸、曉風殘月。」孤獨、寂寞、悲涼的時刻，將是在詞人今夜酒醒時分。陪伴他的只有依依楊柳岸、晨風和不捨黑夜的殘月了。「此去經年，應是良辰好景虛設。便縱有千種風情，更與何人說？」想這一去長年相別，即使未來的日子美景當前，詞人知道，最難的還不是此刻當下的離別，而是身邊缺少知音的孤獨無依。

在葉老的〈齋堂傳奇〉裡，我們也可以看到與柳永〈雨霖鈴〉相似的浪漫情懷。我們先跟著這篇小說的男主角李淳走進臺南中西區的另一處風景，「從蒼翠蓊鬱的圓環林木間走出來，緩緩地沿路走下去，拐進蔭涼的胡同。在胡同盡頭，有一所夾竹桃盛開的齋堂。他喜歡在齋堂的龍眼樹下消磨一個漫長、懶散的白晝。」小說裡提及的圓環，現位於中西區國立臺灣文學館前，日治時期安放著臺灣總督兒玉源太郎的塑像，現在則命名為「湯德章紀念公園」，紀念在二二八事件中不幸喪生的臺南醫生湯德章。

李淳有時讀著小說，沈迷於怪誕的德國式幻想裡，有時在花和風的搖籃裡假寐，但大部分時間都在看著色彩斑斕的蝴蝶飛舞在鳳仙花叢。在那裏，「齋堂綠色的風和光的慰撫中輕輕地擺脫了時代和戰爭刻在他心靈的創傷。」

無論在時代與戰爭的陰影下，對一個充滿浪漫情懷的少年來說，情慾永遠是本性，卻也「感覺到一陣心智俱傷的暈眩」。慾望，如龍眼樹綠色的樹液，將他推向混濁的幻想世界。歷經戰火，原本以樹木之都聞名全省的古都成了一所斷垣殘壁的廢園，那戰爭帶來的虛無與懷疑，那在李淳心眼裡留下的「黃色碎花長衫」的女性與「鮮血淋漓的紅花圖案」的小女孩，全在葉老筆下一句「伸過牆頭的夾竹桃枝椏已沒有花，蒙著灰塵，在一片乾枯的寒風中抖縮著。」

然而，葉老寫出了柳永文字裡意在言外的情懷。寒風吹過的是，冬盡春來的絲絲期待。

畢竟是冬天，自有春來花開之時，果不其然，戰後的李淳重回齋堂，這裏彷彿是他歷經滄桑終於達到的綠洲。而素珍，那個「黃色碎花長衫」的女孩，是他所得到的解渴的椰棗，一直在等著他，從初見面的第一天開始。

新美街舊稱「米街」，是早期米糧商號聚集地，近年因臺南老街巷弄竄起文青風，開始有文創小店、咖啡館等進駐新美街，為百年老街道注入一股新氣息。

爭知我，倚闌干處，正恁凝愁

有時孤獨的是處境，並非心境。雖然孑然一身的是形體，不受侷限的是靈魂，是相信看不見的遠方，仍堅信有知我懂我的人。柳永的〈八聲甘州〉寫的就是孤獨處境裡的另一種浪漫情懷。

〈八聲甘州〉

柳永

對瀟瀟暮雨灑江天，一番洗清秋。漸霜風淒緊，關河冷落，殘照當樓。是處紅衰翠減，苒苒物華休。惟有長江水，無語東流。

不忍登高臨遠，望故鄉渺邈，歸思難收。歎年來蹤跡，何事苦淹留？想佳人妝樓顒望，誤幾回、天際識歸舟。爭知我，倚闌干處，正恁凝愁！

蘇東坡曾說這首傳頌千古的名作，其中的佳句「不減唐人高處」，融寫景、抒情為一體，語淺而情深。「對瀟瀟暮雨灑江天，一番洗清秋」，開頭兩句寫瀟瀟暮雨的水天一色，澄澈如洗的秋景，第一個「對」字，就點出人的渺小無依，不由自主。在登臨縱目、望極天涯的世界裡羈旅異鄉，「漸霜風」一句起筆，以一個「漸」字，可以感受到異鄉遊子孤獨冷清的心境。沒想到詞人這麼不留情，緊接著三個「霜風淒緊」、「關河冷落」、「殘照當樓」，將詞人的渺小無助雪上加霜，彷彿所有的生命逆境一併迎面而來。「是處紅衰翠減，苒苒物華休」，細膩善感的詞人又由縱觀的視野轉至俯視細察，眼底所見，亦是生命不由自主凋零的景象。

原來，不只是自己的孤獨無助，其實在宇宙永恆的時間觀裡，大自然的生命亦有榮枯凋零，「惟有長江水，無語東流」寫的就是古今詞人思索不已的人生哲理。

下片由「不忍」一句點明此時背景是登高臨遠，思念家鄉，「歎年來蹤跡，何事苦淹留？」，也是直白的自問，為何要讓自己如此身不由己？但是如果只讓自己陷於懊悔與無奈裡，羈絆自己的就不只是軀體，連心靈也不得超越與自由了。「想佳人妝樓顒望，誤幾回、天際識歸舟。爭知我，倚闌干處，正恁凝愁」，當我們將悲憫自己、關注自己的眼神開始轉移到他人身上，以一顆感同身受的心體會旁人之苦，我們是不是也讓自己的生命得到救贖呢？

想詞人本是自己陷於登高思鄉之苦，卻偏想故鄉閨中人，此時當也是登樓望遠，期盼遊子歸來吧。「爭知我」三字將懷人真情表達的更為委婉動人。

葉老筆下也並非都是樂觀指向愛戀的美好。浪漫是遐想，也可能是無法圓滿的妄想，更可以是不由自主的絕美宿命。

〈玉蘭花〉裡男主角與女主角玉蘭令人陶醉的情竇初開便是。玉蘭花的花色與幽香常是先聞其香，方知玉蘭樹就在身旁。在葉老的描述裡，彷彿這份情竇初開的芬芳充滿字裡行間，「阿六嬸有一雙水汪汪的眼睛，身材苗條，是個美人胚子。他們夫妻只有一個獨生女玉蘭，在那時代出乎意料之外考進臺南第二高等女學校，和我一樣是一年級。」剛好玉蘭家旁的樓梯正好植有一株亭亭玉立的玉蘭花。每當男主角經過玉蘭家前，「猛地聞到一股濃郁的玉蘭花香。潔白的玉蘭花在濃綠的闊葉子間若隱若顯地開著，那清香充塞在整個院子的空間，當我離開的時候也好像一身帶著這香氣走似的，索性摘了好幾十朵塞在口袋。」

在男主角的浪漫情懷底，「燦爛的夏日陽光，從兩邊高聳的屋簷下射下一束光線恰巧照著玉蘭。使得玉蘭猶如在舞臺中央，被四面八方射來的燈光浮現出的雕像一般。」這份尚未開花結果的戀情已充塞生命，令人陶醉。

祀典武廟，又稱臺南大關帝廟，位於臺南市中西區，主要奉祀關聖帝君。據祀典武廟管理委員會文獻記載，係於西元1665年官建。

然而，一切像是玉蘭花香般的自然流瀉，「玉蘭花隨著微風搖動著它的枝梢，有時朵朵細長的白花掉到地面上來。我們倆仰著頭一直看著那些濃綠中的白花，直到脖子痠痛為止。」

但是，這樣的浪漫能夠任由自我的意識永久留存嗎？玉蘭說，「如果永遠站在這花下聞香過日多好！」畢竟，隨著葉老的文字，我們都有了心底的答案。

〈石榴花盛開的房屋〉裡的石榴花就不這麼唯美了，鮮血般的絕美宿命，像極了不由自主的美人兒丫鬟喜鵲，「那紅花使我聯想到紅燈籠，有些不吉祥，我又毛骨悚然起來。」身為有錢人家的貼身丫鬟，年紀才不過二十，肌膚細潤雪白，身材修長苗條，十三歲公學校畢業就被迫賣身，再聰明伶俐，名喚喜鵲，也無法改變她如石榴花般紅顏薄命的凋零青春。

就是這樣的身不由己，我們必須面對真實的感受，面對自己並非生來靈魂淨化、高雅自持。如果我們能勇於面對自己內心的遺憾、孤寂與懊悔，是不是就會欣悅接納自己的無法完美呢？

又爭似從前。淡淡相看，免恁牽繫

柳永也是和葉老一樣，並非是個無可救藥的浪漫樂觀者。且看〈慢捲紬〉一首，其中出現的是一個為深情所苦的孤獨男子，雖然形影上孤單寂寞，讓他想起昔日美好的光景，但是往事只能成追憶，在〈慢捲紬〉這首詞裡，柳永寫下了該如何成為自己靈魂的主人，好讓生命不致耽溺於想像的泥淖底：

〈慢捲紬〉 柳永

閒窗燭暗，孤幃夜永，欹枕難成寐。細屈指尋思，舊事前歡，都來未盡，平生深意。到得如今，萬般追悔。空只添憔悴。對好景良辰，皺著眉兒，成甚滋味。

紅茵翠被。當時事，一一堪垂淚。怎生得依前，似恁偎香倚暖，抱著日高猶睡。算得伊家，也應隨分，煩惱心兒裡。又爭似從前。淡淡相看，免恁牽繫。

初看〈慢捲紬〉，會以為這不過就是一首以第一人稱訴說相思，追憶過往男歡女愛的俚俗之作。柳永因長夜漫漫，孤寂無眠，思念著昔日與佳人相親的歡樂時光。「對好景良辰，皺著眉兒，成甚滋味」，於此彷彿以為柳永根本無意於詞境的「提升」，只想直白的描述美好記憶裡對比今日令人追悔憔悴的孤獨。

後來一個轉念，想到不會只有自己這般難過垂淚，「算得伊家，也應隨分，煩惱心兒裡。又爭似從前。淡淡相看，免恁牽繫」，透過自身感情的體會，進而感同身受的體會到伊人應也如自己般寂寞苦惱吧？通過對自己的設想，設想當時若能真做到「淡淡相看」，不涉真實情感般的露水姻緣，那麼現在就不會這麼牽繫著彼此，也就不會對舊愛有今日的無盡思念。

這首詞看似未涉及高遠的理想，無關思想的深度，亦無身世之感、人生之嘆。但是，即便是如此直白的世俗情感，都充滿著人們追求真切感情的美好，卻又為情感所苦，悔不當初的矛盾之情。

讀到這裡，你一定更能了解，為什麼我會邀請柳永走進葉老的臺南中西區了吧？葉老的小說裡寫了許多臺南隨處可見的植物，不似這座島嶼遍植櫻花的人為文化，葉老筆下的諸多草木，隨時可能與我們在巷子口不期而遇，以至於，不甚在意。如此世俗平易的巷弄風景，多像走進千年前柳永的花街巷弄，「凡有井水處，皆能歌柳詞」，就是俚俗歌詞，方能隨處聽聞。

所以，當你熟讀了葉老，偶一回首，看到臺南中西區一處人家門前盛開的大理花，便能清楚聽到銅鐘仔大叫一聲：「茉莉桑！」

「房間裡依然流瀉著使人瘋癲欲狂的月光，桌上青黛色花瓶插著一朵深紅如血的大理花，沒有風而花瓣紛紛散落。

『茉莉桑！』我按耐住悸動不已的心坎，柔聲叫喊。但她仍闔眼沈睡，連微微氣息也沒有。散亂的髮絲蓋住她的前額，長長的睫毛下有死樣的陰霾」。〈葫蘆巷春夢〉這麼寫著。

臺南中西區的花花草草，不是為了外地的旅人而裝飾，它們浪漫不矯飾的姿態，就像我們最原始的生命風景。

彷彿聽到了柳永詞曲裡那真實溫柔的情感需求。

從大天后宮旁的巷子開始走，「葫蘆巷」這條小小的巷弄，其實是新美街的中段，也就是民族路到民權路之間。北段為成功路到民族路之間的米街，南段則是民權路到民生路之間的帆寮街。因為巷道呈二十五度至三十度角之斜坡，巷道彎曲像似葫蘆外型，清代又有「葫蘆巷」稱號。

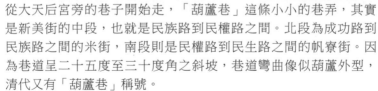

〈蝶戀花〉 柳永

佇倚危樓風細細，望極春愁，黯黯生天際。
草色煙光殘照裏，無言誰會憑欄意。
擬把疏狂圖一醉，對酒當歌，強樂還無味。
衣帶漸寬終不悔，為伊消得人憔悴。

柳永的〈蝶戀花〉也是一首溫柔走進春天的懷人詞。上片寫的是登高望遠，春天的愁緒漫生心頭。「佇倚危樓風細細」，「佇倚」，可以想見詞人久立憑欄，因為懷想深切。「佇倚」吹風的結果卻是「望極春愁，黯黯生天際」。不說「春愁」滋長於心底，反而從遙遠的天際暗自生出，可以理解人皆為有情種，只要將自己的心扉開啟，思接自然萬物，情懷皆有觸發的可能。不管是細細的風，或是春日風景，這些溢滿眼底的「草色煙光」，便是詞人望斷天涯時內心景色的投射。而「無言誰會」一句，彷彿寫出了內心的萬千思緒，心曲卻難訴的概嘆。

下片寫主人公為一解春愁，想到何不痛飲狂歌，也許可以解決內心無人傾訴之苦：「擬把疏狂圖一醉」。但其實詞人知道，即使強顏為歡，亦將終至「無味」。末句的落筆真是表現了詞家溫柔性格與執著的態度，自知無法逃避的其實就是自己的真情真意，寧「衣帶漸寬」

自誓甘願，為思念伊人而日漸消瘦與憔悴。「之死靡它」終不悔，詞境與情境也因浪漫真情此得以昇華。難怪，王國維在《人間詞語》中談到「古今之成大事業、大學問者，必經過三種境界」，會引用來形容人生「第二境」，便是這句「衣帶漸寬終不悔，為伊消得人憔悴」。

為了「伊人」，如何磨難自己亦無妨，反正憔悴的是身軀，絲毫未損內心的真情才是重點。〈蝶戀花〉這闋詞，其實不僅用在人與人的情感上，更可以運用於對生活的體悟。「你敢有夢想嗎？是否願意為了『不一樣』的夢想堅定前行呢？」「伊人」如平凡而珍貴的夢想，生活或許看似日復一日地走過同一條巷弄，但如果可以為了珍惜內心的想望，用盡全力只為成就它，那麼，如此的浪漫情懷終將讓自己的生命展現不一樣的光芒。

我依然期待這座島嶼群櫻盛開的春天。然而，我更喜歡走進臺南中西區巷弄裡，親近這些日常可見的花花草草。在二十一世紀的臺南，雖然它們顯得靜默靦腆，還好有葉老的筆，與柳永的真情真意互相輝映，這些花兒，才能各自恢復浪漫多姿的模樣。

那充滿無常，卻歷歷分明的個性。

相信柳永生於今世，當能領略葉老筆下的浪漫情懷，在臺南巷弄裡欣賞風景的無限，體會生活酸甜苦辣的有限。

柳永、葉石濤在哪裡？

柳永

柳永，原名三變，字景莊，後改名永，改字耆卿，籍貫山西永濟，出生於山東費縣，排行第七，時人或稱柳七而不直稱其名，以屯田員外郎致仕，故又稱柳屯田。北宋詞人，作品流傳甚廣，盛行一時，相傳「凡有井水飲處，即能歌柳詞」。柳永多用民間流行篇幅較長的慢詞創作，不限於士大夫習用的小令，拓展了宋詞的形式，善於融情入景和運用鋪敘手法，影響深遠。現存詞二百餘首，作品輯為《樂章集》。

葉石濤

葉石濤（一九二五—二〇〇八）出生於府城白金町，十六歲開始寫作，是臺灣重要作家、評論家和文學史家，寫作時間橫跨日治、戰後時期，被喻為戰後臺灣文學最重要的理論建構者，一九八七年出版的《臺灣文學史綱》，為臺灣人寫的第一本臺灣文學史。葉老一生，亦如一部鮮活的臺灣文學史，文學結合了小說創作、文學評論與文學史等獨特的元素。尤其文學創作，多以故鄉臺南為創作背景，閱讀葉老的作品，歡迎穿越時空，按圖索驥，一起回到日治時期的府城。

旅人的對話

- 你覺得什麼是「不一樣的人生」？
- 你覺得日子要過得與眾不同嗎？
- 你覺得要如何「發現」日子裡的與眾不同？
- 你覺得人生需要「想像力」嗎？如何培養「想像力」呢？
- 什麼是浪漫？你覺得自己需要擁有一部分浪漫的靈魂嗎？
- 讓我們一起閱讀葉老作品，你是否發現了哪些可以穿越時空，走進日治時期的府城小巷弄？

三、

沈浸北投溫泉鄉的侘寂

旅讀地圖：

- 北投慈航寺
- 北投中和街某小巷
- 北投普濟寺（鐵真院）
- 北投瀧乃湯
- 北投天狗庵史蹟公園
- 北投溪
- 北投公園露天溫泉、臺北市立圖書館北投分館，北投溫泉博物館、北投兒童樂園、北投神社遺址

如我眼前所見的光景

今天是西元二〇二一年六月六日。離我出生的西元八一三年已經超過一二〇〇年。然而，對這世界的感覺，竟然連那麼一點點不同都沒有。

昨天晚上戌時，也是你們所熟知的九點零五分，我一個人走在臺北盆地的北隅，這個今人口中溫泉處處的女巫之鄉，北投。

今天我帶你來這裡，想要在這裡向你訴說我的詩。

人們總是喜歡說我李商隱的詩晦澀難解，為我的詩詞絞盡腦汁。說也奇怪，人們解說得似乎都各有其立足點，上窮碧落下黃泉，企圖為我的詩找尋我人生歷史上的蛛絲馬跡。但我總是為你們感到不捨，我的情史、我的官運、我的家庭生活，人們真的為我這個平凡的文人下足了功夫。這一次次的解釋都為我的詩增添閱讀的厚度，但畢竟誰能最接近我最初創作的模樣呢？相信喜歡讀詩的你一定也很想知道吧！

就像我接下要帶你前往的地方，你眼前所見，你步履所及，你真的知道什麼才是它們最初的模樣嗎？

那些有名有字，寫得清清楚楚的解說告示牌，就代表了一切真相嗎？

我想帶你們來到北投，就是希望你能從認識北投這個地方的同時，也能進一步體會我的詩。相信愛詩的你將會明瞭，我的詩，你的北投，在這天地之間究竟留下了什麼？

昨天晚上戌時，也是你們所熟知的九點零五分，我一個人走在臺北盆地的北隅，這個今人口中溫泉處處的女巫之鄉，北投。聽說這裡受到大屯山系的庇護，山風海雨極少降臨此處，不論是淡水河口的季風，或是盆地中心的季節性落雨聲，一旦跨過文林北路與承德路圍成的疆界，幾乎就看不到濕漉漉的輪胎痕跡。這裡是繁華臺北的極北，交通雖然方便，卻依然像是活在古歷史興衰的哲學之地。

在時間裡的重生與剝落，生命的本貌，侘與寂，我想讓你慢慢體悟。

每一種解釋，都是一種面向，若說不對，也著實說不過去。但，那也都無法讓我承認那是我寫詩的初衷。就像人生吧，「成功」這件事總是大人賦予孩子投入複雜世界的單一願望，人生成功，指向單一的目標讓我們的人生看起來蠻單純蠻熱血的。

事實上，你們也知道，人生沒這麼簡單。人生有時候也不太需要熱血。

重生、剝落、侘寂，不也是人生隨處可見，卻也不甚留意的風景嗎？

今天我帶你來到北投。我喜歡這裡，有一些與我的生命默默回應的風景，不只是因著位於盆地一隅少風少雨少人跡。

一如我喜歡這個充滿道家境界的文字：侘寂。

現在提到侘寂，今人都會想到那是日本的美學，來自古代卻又引領時代流行風潮。其實，《楚辭・離騷》裡就有「忳鬱邑余侘傺兮，吾獨窮困乎此時也」一句，東漢時代的王逸對「侘傺」給予「失志貌」的註解，「侘」，也可以是清貧、粗糙，在不足中見自足的自在圓融。而「寂」，可以是生命的最初與最終面目，是寂寥、是面對褪色、消逝事物的心境，這原是與中國道家、禪宗精神相通，追求「本來無一物」的精神。來到我的詩裡，你就會知道，侘寂，那來自中國文化的詩境，一壺清茶、一方斗室、花開花落，俯拾即是。

你一定會以為我帶你來到北投，會先帶你走走當地溫泉泡泡溫泉吧。其實，我也以為最讓我傾心的是雲煙氤氳的硫磺谷，沒想到今日當我啟程前往山區一遊前，途經這一條小巷，竟讓我久久不能自己。

這應該也是二〇二一年的夏日時節才能遇到的情境吧？這是意外，也是意料中的冷寂。今日的時空，新冠肺炎肆虐全球，夜晚轉進住宅區巷子裡，竟無人跡，巷子兩旁睜亮的窗像孩子驚懼的眼，遠遠地盯著無所不在卻不知何處的災難，不敢輕舉妄動。夜晚閃閃發亮的星子像造物主的心，你說祂是悲憫，還是冷眼以對？

我來說說這首詩，你看看能不能為我以上的第一個問題找到你的答案呢？

〈北青蘿〉 李商隱

殘陽西入崦，茅屋訪孤僧。
落葉人何在，寒雲路幾層。
獨敲初夜磬，閒倚一枝藤。
世界微塵裏，吾寧愛與憎。

這首詩的場景就像此刻我眼前所見的光景。

詩裡寫的是不見僧人的深山茅屋，詩之外的現在，我正走進西元二〇二一年失去人影的小巷。當世界只剩下我一個人時，這人世最初與最終的模樣不也可如是觀嗎？我從哪裡來，我將前往的地方，不也可能是今日顯現的模樣？

詩裡的我所要拜訪的人，不見其蹤影，與我當初設想的心願全然背離。當目標不知去了哪裡，突然間我的追求成了毫無意義的幻影，只因我成了被動之人，那原來尋求的目標因為不知去向，我也不知所為何來。眼前影映著一片殘陽，一座茅屋，一方隨夜色來臨即將不見行跡的山景。這眼前只有我，還有一片片飄落的樹葉，一些些為寒雲掩映的小徑忽隱忽現。這樣的當下讓我看不見未來，只有過去，還有當下不停消逝的時間，都是逝去。當期待的下一步只像空影一片佔據心頭，心裡是空的，是無處著地的失去存在感。

直到一聲磬自遠方響起，一個身影出現眼前，對於曾經頓失依靠的我而言，我因為與我全然相依相守，反而在面對外在世界的變遷中，直面感受自己如此的渺小，像一粒微塵，小到必須好好持受。原來僧人一直都在，只是我執著於他的形體。當他的形體未曾出現我的視線之內，我頓時陷入孤獨絕望，待一聲磬、一支杖顯現他的存在，於是，那些我曾經牽繫受制的愛與憎，都不再重要，如一孤葉一微雲，終究只是不期然的相遇。

未曾出現，或是不期而遇，也終將如夜色降臨，自在來去。

這「世界微塵裏，吾寧愛與憎。」語本《法華經》「書寫三千大千世界事，全在微生中。」意思是大千世界俱是微生。我想世界萬物俱在微塵之中，既然一切皆空，我又何言愛憎？當時的我，在世人的派系疆界間生活著，我愛的人與我的恩人竟是敵對陣營，我真誠生活，卻落入必須選邊站的尷尬處境。激烈的牛、李黨爭，讓我心疲力盡，漂泊的生活，孤獨的處境，生活在塵世間，形體如此不自由，讓我更能體悟心靈的清淨平靜。

我帶你來到這條小巷，位於北投貴子坑一帶的社區裡。這巷子的斜對面正是慈航寺，這座建於日治時期的廟宇本座落於關渡，遷來這裡後規模大得多，古樸雅致還挺特別的。斜對面的這條巷子和慈航寺感覺就像兩個世界，像是站在時間軸線的某個自己，明明僅僅一個小小的存在，當立足在生命的湍流處，前世今生，那洗滌過的靈魂，彷彿已開啟另一個人生。

我常喜歡站在慈航寺前的大馬路中央，看著從我眼前經過，如跑馬燈般千年歷史。想我自己生活在晚唐時期，對於眼前的一切總是充分沈浸其間。但是易感的心靈總讓我不自覺地看見形體衰敗的未來，看見親朋好友一一離我而去的那個孑然一身的我。我回望此端沿山而建的慈航寺，除了寺廟建築，四周少有人跡，再望著對面巷子萬家燈火的熱鬧，曾經，我和你們一樣，欣賞體會現世的風景，每一個當下都是令我心動，那比揣想未知的問題還令我心動。

我知道這種感覺，畢竟我是從一千兩百多年前的時空來到這裡，什麼是熱鬧喧嘩，什麼是寂寥冷清，我可是自詡比你們都清楚。

沒想到，兩個月來，新冠肺炎大舉肆虐這座島嶼，尋常熱鬧的社區，不論白日或夜晚，幾乎不見人跡。昨晚我一個人閒步四方，大屯山下街燈尋常亮著，照得黝黑的柏油路像面透亮鏡子，一路從寺廟門口延伸至社區盡頭。佛門淨地與大千世界，只有我在其間瞻望著，靜謐的不尋常，虛幻的存在感，我想聽到一點點不屬於我的聲音，即使一聲磬也好。

好久好久，依然闃無人聲。

是生之初始，也是生之彼岸

這孤寂的北投小巷，其實於我是尋常景色。

幾回的漂泊異鄉，心愛的家人永遠只能遙望無盡的遠方，一個人走在荒煙是尋常，心慌的感覺愈來愈少，想要釐清當下的處境給個明確的說詞成了多餘。常常我會告訴自己，當死亡來臨的前夕，如果有幸，能給我時間收拾好行囊慢慢赴約，這一路的風景應該是這樣吧。

是生之初始，也是生之彼岸。

此刻，上天已賜給我窺視死亡前的模樣。當天地之間只有自己與自己面對，手握一支筆，我能訴說的千言萬語，世間的諸多面向，此時，都一一在我面前剝落剝落。沒有起始，也不見邊際。我寫著「滄海月明珠有淚，藍田日暖玉生煙」，歷年來一次次的解釋，增加了〈錦瑟〉這首詩的閱讀視野，也增添些許爭議或強作解人。其實，我走在北投社區裡的小巷裡，眼前荒無人跡的，竟是二十一世紀文明世界，竟與我這兩句互相呼應。

此為北投文物館一景。

〈錦瑟〉 李商隱

錦瑟無端五十弦，一弦一柱思華年。
莊生曉夢迷蝴蝶，望帝春心託杜鵑。
滄海月明珠有淚，藍田日暖玉生煙。
此情可待成追憶？只是當時已惘然。

想屬於我的時代，沒有刻滿數字的時鐘，時間是大自然花開花落的呈現，稍一不注意，自己的體貌隨華年無端衰落，像樂音聲聲逝去剝落。「錦瑟無端五十弦，一弦一柱思華年。」這才驚覺，這就是時間的模樣。

但是，對時間的逝去，我仍然會有依戀，依然會生迷惘，該怎麼寫出這種數算時間，數算華年卻不得要領的心境呢？「莊生曉夢迷蝴蝶，望帝春心託杜鵑。」我想到了莊子，想到了杜宇。莊周夢蝶，不知夢裡是蝶，或生在蝶兒的夢裡？我們生在時間裡，還是時間生在我們的每一個當下？如果我們停在時間的某一點，失去了意識，或是離開了人世，是否時間就不再具有意義呢？如果我能真的透徹領悟，也許就真能超然紅塵，了無牽掛了。惟自己仍像那蜀帝杜宇，一片赤心面對自己的抉擇，即使無人能解，仍痴心寄望自己化為杜鵑鳥，聲聲啼血，偏偏飛往自己思念的國度，以朵朵沾了自己碧血的杜鵑花昭告天下，以示自己的永恆存在。

「滄海月明珠有淚，藍田日暖玉生煙」，這兩句一直是眾人爭議的重頭戲。有人辛苦研究這兩句，認為分別用了兩個典故，滄海月明用的是石崇和綠珠的故事，藍田種玉是楊伯鏞和徐氏女的故事。石崇是西晉巨富，其有一妾名為綠珠，甚為寵愛，兩人感情甚篤，西晉八王之亂中，石崇受牽連，但他寧願死也不獻出綠珠，最後雙方殉情而亡。石崇是南皮人，臨海，所以此處用滄海，滄海月明，意指石崇對綠珠一片真心，珠有淚，是說綠珠在石崇為了保全自己而寧願赴死感動得落淚，這段感情悽慘而唯美。「藍田日暖玉生煙」，則是出自《搜神記》中楊伯鏞得人指點種玉而最終抱得美人歸，此句用日暖和玉生煙，表達的是楊伯鏞和徐氏女心有靈犀，相互感應的美好愛情。研究者認為這兩句中的兩個典故剛好表達的正是赤誠愛情故事，當時的我真只是想要訴說「愛情」這回事嗎？

我想，這些歷年來的解讀總是增加詩作的厚度，我樂觀其成，但是，此刻遭遇瘟疫的二十一世紀，新冠肺炎的肆虐讓我感觸良多。現在的我讀著自己的千餘年前的詩，竟有著相同的感受。人世種種，歷史變遷，在我眼裡一如滄海，千古月光映照，海裡貝類的珍珠在無人發覺的情況下比比皆是。昂貴的珠寶深藏大海一隅，在人的價值觀裡可以是遺憾，是孤獨，也可能是累世的不捨。在千古月光與潮起潮落的海水間，遺憾的淚水隨時光流逝，像月光，早已與汪洋大海融為一契，何有來去？如何測量其深淺？是不是也像那藍田山裡的玉石，內心暖暖的情思，在生命的呼吸吐納間方能曖曖內含光呢？

滄海月明，藍田玉暖，這兩種情景，此刻與我所見的北投小巷不謀而合。我能感受每一戶人家，緊閉門窗底所擁有的溫暖與滄桑。像大海裡的珍珠，礦山裡未採的玉石，這是生命初始與未知，是渾然一契的真相。答案呀，反而不是急欲手握那些採出的珍珠與玉石。

「此情可待成追憶，只是當時已惘然」，關於這結尾句，歷來也是眾說紛紜，有人認為「此情可待成追憶」是一句反問句，問的是「這段感情豈是現在才開始追憶的？其實我在失去你的時候都已經不知所措了。」有人解釋為直述句。我想問自己，此刻的心境我該怎麼解釋好？當時當下都是當局者迷，怎麼會知道未來是如何追憶此刻的心情呢？當時如果是痛苦的處境，應該不會以為未來會特別想追憶這一段時光吧？殊不知，日後的風景，就像是海洋，是藍田，那時光流逝的某一點，怎知不是生命的珠玉呢？

生命的真相，未有終始，不見來去，孑然的一身，飄忽又真實，多像此刻這北投的小巷。

今天，我一個人走著，走在人間的鏡面上，看著兩邊座落著幾十戶人家，心裡感受著自己的詩就是這樣的風景。北投的山岳北投的建築北投的溫泉，我在歷史彼端看著一層一層故事的新生與剝落，說不出來有多麼感慨。

雲遊四海的我這幾年落腳這裡，小巷兩旁都是獨立兩層樓式的老式平房，前面都有兩三坪不大的院子，花木扶疏，雅緻樸拙，平日我總是喜歡看看街坊鄰居互相問安的閒居風景。尤其是夜晚，不管是遛狗的大叔、乘涼的大嬸或是加班夜歸的上班族，這條巷子總是熱鬧親切的。

曾幾何時，這條巷子家家戶戶大門緊閉。你說造物主是慈悲，還是冷眼相待？

沿石階而上，普濟寺靜靜相迎。

北投溪源自地熱谷，屬青磺泉，據說北投溪兩岸多溫泉旅店，即源自於北投溪。

對這個世界，到底還有多少美好期待？

對這個世界，到底還有多少美好期待？

如果問我李商隱，那就對了。也許在這世上打滾許久的你不會輕易相信唯一的答案，也許對我的答案抱持懷疑，不會買單全收，也許你喜歡的就是期待我給你一個值得相信的答案。

世界本來就不止一種看待的角度，也因此獲得的解釋也就自然不同。不管是站在時間的長河或是空間的一隅，愈來愈壞與愈來愈好的現象一定是不停地交織呈現。

與危機和諧共存吧，希望我的詩能給你們一點點安慰與期待。

你知道嗎？當一切的一切像硫磺結晶般的從沈澱到剝落，時間，你會聽見他在說話。剝落剝落剝落，你知道那要歷經多少歲月的撼動嗎？如果大地靜止，啥事都沒發生，宇宙平靜，沒有大霹靂，沒有隕石大爆炸，這個世界，還會有你我嗎？

我雖然來自輝煌大唐盛世，但是，其實到我出生的時代，大唐早已不是這麼回事了。

世人總說我的詩晦澀難懂，很想為我的詩加諸定調，這樣有時強作解人，有時對號入座，連我自己看了都很過意不去。所以，我想帶你來北投，也許泡泡湯，沈浸在女巫之鄉，或許就能懂我的詩，其實，和你的我的人生不也很像嗎？

想想，我們對於生命的種種際遇，真的只有一因一果嗎？當別人問起「我」這個人到底是個怎樣的「我」，真的是個好問題嗎？哈哈，這問題本身是不是也是一個問題，一個只會兜來兜去的問題呢？

「我」，到底是誰？身為一個立足於天地之間的存在，可以說得明白，看得清楚嗎？「我」有時像這樣，有時像那樣，有時像一團霧，刻意與人保持距離，有時，犀利理性有如刀鋒，尖尖的刀鋒閃耀著令人不敢忽視的光芒，讓大家眼睛都不敢輕易眨一下。

何苦呢？何苦要為自己的一生下一個定義呢？何苦執著於自己究竟是誰？抱歉，讓我回想一下，生於晚唐的我到底是怎麼想的？我想起這首〈嫦娥〉，也許當時的我看著天上的明月，也正在問自己這個問題吧。

攝影：周威廷

〈嫦娥〉 李商隱

雲母屏風燭影深，
長河漸落曉星沉。
嫦娥應悔偷靈藥，
碧海青天夜夜心。

這首詩歷來也是眾說紛紜，有人說是我寫的是女道士求仙求道的心境，有人說是悼亡之作，當然也有人說這首詩寫的就是我自己的孤高心境。我想想，不知道嫦娥本人是怎麼想的，有人好奇地揣想過嗎？至少我是看著滿滿的月亮，這麼揣想著長生不老的嫦娥，如何看待死亡的可能性。一天有日升日落，雲母屏風的燭影昭示著夜盡天明，而我即將迎接今日的來臨，也就是昨日的消逝。而時辰轉換的不留情面，對長生不老，又位居月亮的嫦娥代表著什麼呢？

「我」這個角色，來自於我在時間之內，隨時辰轉換，也因時流動，新生復剝落，方能成就不同的我。然而嫦娥呢？她位居時間之外，無始亦無終，「我」這個生命體沒有相對應的個體，孤獨深居廣寒宮，雖有傳說嫦娥奔月後，有玉兔和吳剛相伴，但是一心求道成仙，今日終成事實，遠離人間，無人相伴。這樣的孤獨，我彷彿也看到自己內心的處境。如此高處不勝寒，高處是我，紅塵亦是我，在詭譎複雜的政治環境下掙扎求生，我實在很想自外於俗世紅塵，不擾人，人亦不擾我。然而如此清高孤絕而不惹塵埃的生活，又豈是我的追求？想想，如果我是嫦娥，應該也會後悔吃了長生不死的靈藥，只想奔回人間，過著世人一般苦樂交織，終老一生的日子吧。

你一定會說現在的我已經是作古之人，用一些自己的舊作怎麼能看清現在二十一世紀的文明困境呢？當然，純當一個旁觀者，旁觀自己，也旁觀眾生，這當然很輕鬆地看透世事。但是，有趣的是，當我在自己的詩作裡追尋今世人類處境的答案，並且，與北投古今文史地理生活現況互相映照，竟然能有諸多嶄新的體悟！

我想也是，這就是時間的魅力，也是生而為人不放棄思維的價值。想我自己身在晚唐世代，許多身不由己的事也非自己所能控制。我想結婚，追求屬於自己的幸福，卻娶了恩師敵人的千金。我想貢獻所學，讓身為讀書人的我不枉此生，沒想到，我的努力竟抵不過大時代的陋習。連我是誰這件事，都不如「我的老師是誰？」、「我的同黨是誰」？這種說也說不清的關係，卻成了我一輩子擺脫不掉的命運，他們像蛛網的絲線般，牽一髮而動全身，如果我將自己從網中救出，試圖還自己一個全然單純的自我，你們說，有可能嗎？

我想你先不用急著回答我。跟我一起來走走北投其他地方吧。不管你是什麼宗教信仰，我們先巡遊一趟普濟寺吧。

現在的普濟寺，頗見時間流變的故事。它的存在，正顯現了歷史詭異卻也尋常的演變。

在重生與剝離間遇見「侘寂」

一般人喜歡北投，但很少有人知道普濟寺。前身名喚「鐵真院」的普濟寺，興建於日治時期。當時是由臺灣總督府交通局鐵道部員工捐款建立，大正五年（一九一六年）一月落成。此寺創始時屬於禪宗臨濟宗妙心寺派，後歷經宗派更迭，今已列為臺北市定古蹟。

歷史就是一層層的堆積，像考古地層的研究，三疊紀、侏羅紀、白堊紀……堆疊成現在的地球故事。一座「普濟寺」也是，現在看到的，其實需要一層層的剝離，一層層的還原，才能看到最初座落的樣貌，還有那最最重要的起源。

若你從北投溫泉路步行而下，可望見普濟寺聳立在左側山坡上，一不注意，相信你們和我一樣，很容易被不遠處的拉麵名店給吸引住。

通往普濟寺的石板階梯約八十階，一路可見高聳蒼勁的樟樹和相思樹，樹下還有些斷裂破損的舊石階，提醒人們時間在這裡似乎停了下來。自小徑拾級而上，甫一轉彎，眼前的大殿建築彷彿置身日本京都。大殿屋頂屬日式入母屋造，也就是起源自我們中國建築的「歇山頂」，屋簷四周飾有五圓圈造型的鬼瓦與懸魚，設計成古鐘狀的窗戶極具中國風，人稱為「花頭窗」。建築細膩古樸，我常一坐就是一個下午。普濟寺的鎮寺之寶是平日難以望見的「湯守觀音像」，恭奉於大殿千手觀音像後方牆壁上，現已有復刻版立於大廳內。

庭院一隅有日本前鐵道部長下村宏撰文、題額紀念村上彰一的「村上彰一翁碑」，此碑是由鐵道部工務課職員江原節郎所建，字跡已略見斑駁，卻頗有年華詩意。庭院中的子安地藏像是住持鈴木雪應任內所立，於昭和六年（一九三一年）四月二十四日舉行開眼供養儀式，亭左右各有一根高及人肩的石柱，上方鐫刻「獻納」、「昭和六年」等字樣。

我很喜歡現在的普濟寺，頗見時間流變的故事。它的存在，正顯現了歷史詭異卻也尋常的演變。一次次的剝離與重生，一次次展現存有與失去的意義。日治時期的鐵真院，一座日人興建天狗庵時製作的湯守觀音，還有曾流落於斯，至今又落腳北投山間小巷的日本四國第八十八番大窪寺石佛。曾經以為的定居、離亂、重建，此時都在時空交錯的某一點，在普濟寺相遇。

今日卻廟門深鎖，為著人類仍無力抵抗的小小病菌。

剝離，為什麼我一直要告訴你們這兩個字，這與之前提到的「侘寂」多所呼應。請你們讀讀我這篇小小的五言絕句：

〈宿駱氏亭寄懷崔雍崔袞〉

李商隱

竹塢無塵水檻清，
相思迢遞隔重城。
秋陰不散霜飛晚，
留得枯荷聽雨聲。

從題目上可知，我當時寫了這首詩給崔雍和崔袞，是我的恩人崔戎的兩個兒子，也是我的從表兄弟。西元八三四年（唐文宗大和七年），我當時應試不中，投奔時任華州刺史的表叔崔戎。第二年，表叔調任兗州觀察使，沒想剛到兗州就病故了。表叔對我不僅有親戚之情，還有知遇之恩，而崔雍、崔袞在我人生中也是別具意義。當時我離開崔家，旅宿在駱姓人家的園亭裏，懷念崔雍崔袞兩兄弟，有所感而寫下這首小詩。

從字面上相信你一定能感受到一片清朗的風景，不管是園亭裏竹林環繞，歷經秋雨洗滌的庭園景物，吸進身體的空氣煥然一新，通體舒暢。原來相思之情，不見得非要多麼惱人心弦，就像是我和崔雍、崔袞兄弟分別已經多日，思念之心遠隔千山萬水，很想知道他們過得如何，時已深秋，大地重重陰霾，遲遲不肯散去，霜竟然也來得遲了，雖然事實與願違，我無法遂願，且天還下起了雨，淅瀝淅瀝，聲聲打在片片枯荷之上，似乎更擾亂我思念之情。那麼，我就告訴自己，何

普濟寺前身名喚「鐵真院」，興建於日治時期。當時是由臺灣總督府交通局鐵道部員工捐款建立，大正五年（1916 年）1 月落成。此寺創始時屬於禪宗臨濟宗妙心寺派，後歷經宗派更迭，今已列為臺北市定古蹟。

不好好欣賞當下，枯荷雖無花香，卻留給我一片片枯葉，為我演奏著錯落有致的雨聲。那陣陣落雨，不是別有滋味嗎？

讀完這首詩，想起日前沿著普濟寺的庭園來回閑步，石階旁植有山茶、杜鵑、仙丹、七里香，香氣緩緩飄來，一但駐足細聞，卻又不見芳蹤。有位志工陳老師，幾次相遇都有機會閒談，不僅對於普濟寺歷史如數家珍，亦將自己生命諸多轉折慨然分享，彷彿普濟寺也成為他生命歷史一部分。如今憶起普濟寺，廟門內外，生命與天光雲影一如這首詩的首句般清明，竹塢無塵水檻清。

攝影：周威廷

更持紅燭賞殘花

走出普濟寺，沿著溫泉路繼續前行，我想帶你轉入光明路，沿著北投溪繼續前行。這條北投溪源自地熱谷，屬青磺泉，據說北投溪兩岸多溫泉旅店，即源自於北投溪。沿北投溪畔右側，行經中山路，你可以先上行去看看地熱谷，然後前往北投公園露天溫泉、臺北市立圖書館北投分館，北投溫泉博物館、兒童樂園、北投神社遺址等充滿故事的地方，彷彿走進長長的時光廊道，想見充滿日式溫泉文化的風情。當我們走到了北投公園入口，不妨再從公園右側的光明路上行，放眼望去，一間間嶄新的溫泉旅店櫛比鱗次，新穎的建築倒是缺少了點日式泡湯的風情。直到公園右側出口，看見對街加賀屋旁標示著「天狗庵史蹟公園」，一條短短的古石階映入眼簾，溫泉氤氳的歷史況味逐漸浮現。

「瀧乃湯浴池」有一日式庭院，內有「皇太子殿下御渡涉記念碑」，建於西元 1923 年，為紀念當時的皇太子親臨北投而設立的。泡完溫泉，坐在木造庭階上，倚著木製屋柱，涼風徐徐，眼前盡是歷史行過此地的足跡。

1896 年平田源吾發現北投溫泉極具療效，便開設了第一座民營溫泉旅店「天狗庵」。今日當然「天狗庵」抵不住歲月摧磨，僅剩一條入口古石階供人懷想。還好不遠處仍留有一座日治時期的泡湯浴池：「瀧乃湯」。

一八九六年平田源吾發現北投溫泉極具療效，便開設了第一座民營溫泉旅店「天狗庵」，「湯守溫泉」也是當時所設置。今日當然「天狗庵」抵不住歲月摧磨，僅剩一條入口古石階供人懷想。還好不遠處仍留有一座日治時期的泡湯浴池：「瀧乃湯」，我帶你來看看。

當時北投溪裡共有五個瀧（很難想像呀！），由於長期沖刷侵蝕，河床的地形地貌改變，據說今日只剩第一、二、四瀧。瀧，就是因溪流河床高低差形成小瀑布下的活水潭。日治時期，日本人習慣來瀧裡裸湯，日本政府覺得有礙觀瞻，遂設立「湯瀧浴場」，供日本軍人療養用。當時只設男湯，而女湯和大眾湯則是後來才設，也就是今日向你介紹的「瀧乃湯」現況。

其實自一九五〇年重新經營，納入女湯與大眾池，至今瀧乃湯已歷經三代經營，唯建物老舊，差點就要停止營業。還好歷經重建，至今仍是北投最具歷史的溫泉浴室，皆為室內大眾裸湯，浴室及設備充滿庶民泡湯風格。日式庭院內有「皇太子殿下御渡涉記念碑」，建於西元一九二三年，為紀念當時的皇太子親臨北投而設立的。泡完溫泉，坐在木造庭階上，倚著木製屋柱，涼風徐徐，眼前盡是歷史行過此地的足跡，我想，〈花下醉〉這首詩挺適合在泡湯後細細品讀呢！

「瀧乃湯浴池」自1950年重新經營，納入女湯與大眾池，至今瀧乃湯已歷經三代經營，唯建物老舊，差點就要停止營業。還好歷經重建，至今仍是北投最具歷史的溫泉浴室，浴室及設備充滿庶民泡湯風格。日治時期只設男湯，女湯和大眾湯則是之後才建。

北投溫泉博物館一景。
攝影：周威廷

〈花下醉〉　李商隱

尋芳不覺醉流霞，
倚樹沉眠日已斜。
客散酒醒深夜後，
更持紅燭賞殘花。

從溫泉路上行，過天狗庵遺址不遠處即見瀧乃湯，對面是水聲潺湲的北投溪一瀧和溫泉博物館。稍縱即逝的光影將眼前的一切照見，相信你來到這裡，會覺得這片風景因著人們一段一段的故事一一發生，如同花開花謝，各自展現當下生命的風華。

就像我寫的這首〈花下醉〉，當時的我正陶醉在美麗的花園裡，為著盛放如流霞的花朵深深沉醉。和朋友們把酒言歡之餘，不知不覺便倚著美麗的花樹酣眠，沒想到時光也就悄然而逝。不知過了多久，夕陽殘照，夜色即將降臨。等到客人們一一酒醒散去，尋得芳菲不覺被美酒陶醉的白日不知去了哪裡，深夜以後，花事已盡，我又興致盎然的舉著紅燭，獨自一人欣賞著即將凋零的花景。

你可以說，流霞，是神話傳說中一種仙酒。《論衡．道虛》上說，「項曼卿好道學仙，離家三年而返，自言：『欲飲食，仙人輒飲我以流霞。每飲一杯，數日不飢。』」你也可以說，這是一首抒發陶醉於賞花會友，因花開花落而興起秉燭夜遊，珍惜光陰的詩。經過之前我帶你巡遊北投，因著新冠肺炎的疫情無法親身前往的神遊，或是小巷閒步，你是否對我的詩有更深一層的理解呢？

我的詩，不管你具備研究者上窮碧落下黃泉的考據精神，或是喜歡體悟作者字面背後的深意，我都希望你能在閱讀時想起我們去過的北投，這些日常生活的居住空間、宗教信仰或是療癒用

攝影：周威廷

途的溫泉開發。我的詩，晦澀難解也好，用典過多也好，其實，都不過是以文字為形式，寫出我這個人對這個世界的種種解釋。只要你在閱讀時，感受當下的自我心境，若因我的詩而有所體悟，這就是我的詩此時此刻最好的解釋。請先放下身為原作者到底是為什麼而寫。我都可以走到二十一世紀的此時與你同行，一同感受當下人類的處境了，你又何苦囿於「瀧乃湯」是日式建築還是仿古修復之作呢？

像這首〈花下醉〉，結句的意境與我之前提及的詩作〈宿駱氏亭寄懷崔雍崔袞〉末句「留得枯荷聽雨聲」相似。枯荷與殘花，不若芳華盛放時為人所欣羨，甚至不願正視殘破凋零的衰敗。但是，這些都是必然存在的現象，紅燭一照，生命的全貌昭然若揭，此番「侘寂」的體悟，是生命渾然一契的真相，如「滄海月明」，如「藍田生煙」，意如「莊生夢蝶」，我用賞花開始，看似對花癡迷，其實我不僅愛花之盛開，亦能從花之凋零看見生命殘缺的美。

所以，你能說我是愛花之盛開，還是惜花之凋落呢？

我帶你來北投走走，尤其來北投讀我的詩，我相信現在的你當更能讀懂我的詩，箇中滋味，有時如小巷，有時像溫泉，有時又似古樸又莊嚴的建築。

二〇二〇年，這個看似極度平衡的數字，其實是個假象，真實走過，方知人類文明在這一年發生極度不平衡的遭遇。就像溫泉，當你身心舒暢的沈浸在雲煙裊裊的浴池裡，你以為，日子就該這麼溫柔這麼舒服。殊不知，一池的溫泉，再大，再深，治癒的力量其實來自你將自己深深浸潤其間。

北投是個奇特的地方。

今天，二〇二一年六月，疫情改變人類生活，行不能出門，口無

法露齒。剝落了許多向前奔跑的力氣，被迫退回到生命的原點，當一切生活的要件僅剩下生存，

美麗的裝飾都成了虛矯羽衣，成就的巔峰也成了海市蜃樓。很奇怪的文明，像北投，不是嗎？

今天我帶你走一趟北投，我們沒有辦法盡情地奔跑、歡唱，甚至外食野餐，我們很難形容這個位於臺北盆地邊緣的山城，其實離市中心很近，捷運一班三十分鐘左右就可抵達，卻有著女巫般的悠遠神秘。記憶的彼端，隨著我們的人生行止，有許多正在默默新生與剝落，人生的真相彷彿也在我的詩裡。希望你在讀我的詩時，能夠擁有自己屬於自己的體悟。

李商隱在哪裡？

李商隱

李商隱，字義山，號玉谿生、樊南生，晚唐詩人，祖籍河內（今河南省焦作市）沁陽，出生於鄭州滎陽。與杜牧合稱「小李杜」，與溫庭筠合稱爲「溫李」，因詩文與同時期的段成式、溫庭筠風格相近，且三人在家族裏排行第十六，故並稱爲「三十六體」。其詩優美動人，廣爲傳誦，但部分詩歌過於隱晦迷離，難於索解，以至有「詩家總愛西崑好，獨恨無人作鄭箋」之說。

旅人的對話

- 你覺得以「侘寂」哲學來看待人生，會不會不夠熱血呢？為什麼？
- 如果以「侘寂」哲學來看待人生，你會體會到什麼？
- 你覺得「更持紅燭賞殘花」是一種什麼心境？
- 你覺得生命的本貌是什麼？是重生的過程？還是剝落又新生呢？
- 來一趟北投之旅吧！走在充滿日式古蹟與遺構的北投巷弄，又位居臺北盆地邊陲，淡水河與基隆河兩大河系的孕育滋養，在生活風景上，你是否發現北投的不同之處？

四、行吟基隆古戰場的清明

大武崙砲臺

旅讀地圖：

- 中法戰役陣亡戰士紀念碑
- 慈恩祠
- 仙洞巖
- 白米甕砲臺、獅球嶺砲臺、社寮砲臺、大武崙砲臺、紅淡山砲臺
- 和平島
- 和平島公園
- 西班牙諸聖修道院考古遺址

父親的病危通知書

那天，你在走廊叫住我，「老師，你還好嗎？」敏感的你看出我在講臺上的語無倫次。

前一天晚上，醫生要我簽下父親的病危通知書。我不知道是怎麼簽的，當時母親和弟弟都還沒到，我一個人在偌大的急診室整個人像失去了意識。想到要拿好筆清楚地簽下自己的名字，手卻指不住地顫抖。前方的路好近，我一定要走向盡頭嗎？那裡到底是什麼？

我能夠看懂，看清楚，好知道父親，或是我即將要去的地方嗎？

隔天，我在你的班上繼續〈赤壁賦〉的進度。剛解釋完蘇東坡這個人的一生行旅，即將進入課文題解。

說蘇東坡的作品，我總喜歡先說說他這個人。尤其他行旅一生，貶謫四處，回京途中，就永遠留在我父親出生的江蘇常州。總覺得這樣一個遙遠的靈魂並沒有離去，故事可以從他過世的地方繼續說下去。

所以，當我說起蘇東坡的作品，我一直覺得是他的故事繼續隨著父親飄洋過海來到這座島嶼。

父親是十五歲從基隆上岸的。那我就先放下我的語無倫次，帶你和同學們一起認識基隆。

我想帶你們讀讀基隆。讓你們先在蘇東坡羈旅一生的詩詞文章裡，發現基隆的故事。

帶著蘇軾一起登臨網紅拍照景點：基隆正濱漁港，感受「縱一葦之所如，凌萬頃之茫然」的生命視野。

〈前赤壁賦〉

蘇東坡

壬戌之秋，七月既望，蘇子與客泛舟遊於赤壁之下。清風徐來，水波不興。舉酒屬客，誦明月之詩，歌窈窕之章。少焉，月出於東山之上，徘徊於斗牛之間。白露橫江，水光接天。縱一葦之所如，凌萬頃之茫然。浩浩乎如馮虛御風，而不知其所止；飄飄乎如遺世獨立，羽化而登仙。

於是飲酒樂甚，扣舷而歌之。歌曰：「桂棹兮蘭槳，擊空明兮溯流光。渺渺兮予懷，望美人兮天一方。」客有吹洞簫者，倚歌而和之。其聲嗚嗚然，如怨如慕，如泣如訴；餘音嫋嫋，不絕如縷。舞幽壑之潛蛟，泣孤舟之嫠婦。

蘇子愀然，正襟危坐，而問客曰：「何為其然也？」客曰：「『月明星稀，烏鵲南飛。』此非曹孟德之詩乎？西望夏口，東望武昌，山川相繆，鬱乎蒼蒼，此非孟德之困於周郎者乎？方其破荊州，下江陵，順流而東也，舳艫千里，旌旗蔽空，釃酒臨江，橫槊賦詩，固一世之雄也，而今安在哉？況吾與子漁樵於江渚之上，侶魚蝦而友麋鹿，駕一葉之扁舟，舉匏樽以相屬。寄蜉蝣於天地，渺滄海之一粟。哀吾生之須臾，羨長江之無窮。挾飛仙以遨遊，抱明月而長終。知不可乎驟得，託遺響於悲風。」

蘇子曰：「客亦知夫水與月乎？逝者如斯，而未嘗往也；盈虛者如彼，而卒莫消長也。蓋將自其變者而觀之，則天地曾不能以一瞬；自其不變者而觀之，則物與我皆無盡也，而又何羨乎！且夫天地之間，物各有主，茍非吾之所有，雖一毫而莫取。惟江上之清風，與山間之明月，耳得之而為聲，目遇之而成色，取之無禁，用之不竭。是造物者之無盡藏也，而吾與子之所共適。」

客喜而笑，洗盞更酌。肴核既盡，杯盤狼籍。相與枕藉乎舟中，不知東方之既白。

日治時期興建的「阿根納造船廠」，曾為各鐵路支線的終點站，負責將金瓜石的金礦及其他礦物匯集後再運送到日本，當日治時期結束後租借給以建造遊艇為主的美國公司「阿根納造船」。因裸露的鋼筋水泥極具末世與現代頹廢風格，深受網美親睞。

我輕輕念著第一段「壬戌之秋，七月既望，蘇子與客泛舟遊於赤壁之下。」此時，夜晚的一輪明月是否正高掛你的心頭呢？

當我念起這首宋賦的第一段，內心總是會異常寧靜。即使是一千多年前，這赤壁之下的兩個人，隨月光起伏，還是會悠悠的飄盪到我心底。赤壁，我不曾去過，但是，那亂石巍峨的畫面還竟然是如此清晰懾人。

那時的蘇東坡也是深深沈浸在清風明月與水波的澄澈清朗吧，我對你們說。我們不也是容易感受外在景物的變遷嗎？還記得當時我們讀著范仲淹的〈岳陽樓記〉，一起登斯樓也，不管是文章中描述的「霪雨霏霏」或是「春和景明」，我們都彷彿真來到岳陽樓上，將自己現實的世界與神遊文字的風景連成一契。我們的心此刻像一個好大的器皿，都能裝載著縱橫時空的壯闊與渺小。登斯樓也，「則有去國懷鄉，憂讒畏譏，滿目蕭然，感極而悲者矣。」和「則有心曠神怡，寵辱偕忘，把酒臨風，其喜洋洋者矣。」，物我交融的奇妙心境默默穿越千古。這是范仲淹，也是我們人生無法忘懷的諸多感動。其實范仲淹也像我們一樣，雖不曾親臨岳陽樓，依然能感受到雨悲晴喜的情感震盪。

也因著這樣的情感體悟，在進入蘇東坡的〈赤壁賦〉時，並不會因為我們沒有遭遇過戰亂或是流離，而無法體會〈赤壁賦〉的死生情懷。「清風徐來，水波不興。舉酒屬客，誦明月之詩，歌窈窕之章。」誰不想擁有一顆平靜而豁達的心呢？

「一輩子都這樣可以嗎？」你舉手問我。「難怪有人寄情山水之間，遠離紅塵俗世。老師，這樣一輩子是不是就可以自在快活，無憂無慮呢？」你彷彿若有所思，忍不住大聲了起來。同學們也紛紛七嘴八舌的。十六、七歲的你們，也有屬於你們無法排解的憂愁難題，一聽到可以放下一切的妙方，也開始想像蘇東坡的寄情山水是否管用呢。

手握著粉筆，正轉身面向黑板開始寫字的我，也正在想這個問題。到底當時蘇東坡是怎麼在自己想像的赤壁戰場下感受悠遊快活的心境呢？

如果，能夠看破死生，我是不是就不會對於父親的病危通知書這麼揪心難過呢？

寫完「舉酒屬客」四個字，放下粉筆，對於你們的七嘴八舌，我欣然靜待。對於你的問題，我沒有答案，只是微笑的選擇請你們繼續唸下一段落。「少焉，月出於東山之上，徘徊於斗牛之間。白露橫江，水光接天。縱一葦之所如，凌萬頃之茫然。浩浩乎如馮虛御風，而不知其所止；飄飄乎如遺世獨立，羽化而登仙。」飄然時間與空間之上，無邊無際，快慢自如，這是何等自在的生命境界。尤其，蘇東坡選擇在他所認定的赤壁古戰場寄託一己之思，相信當時的他也和我一樣，正在思考著死生問題。這樣一個月亮滿滿高掛夜空的生命際遇，能夠駕馭自己的心靈，如夜空如清風如明月般。

在一生永遠清朗澄明，無牽無掛，該有多好。

「於是飲酒樂甚，扣舷而歌之。歌曰：『桂棹兮蘭槳，擊空明兮溯流光。渺渺兮予懷，望美人兮天一方。』」你們紛紛停止了討論，深怕我又得趕課，繼續念了下一段落。飲酒快活，唱歌也快活，有朋友在旁，延續著前一段落的情懷，蘇東坡卻在歌聲中隱隱透露著一點點想望而不得的情感。也許是這樣，船客中有吹洞簫者，聽到這樣的歌聲，也一起吟和了起來。「客有吹洞簫者，倚歌而和之。其聲嗚嗚然，如怨如慕，如泣如訴；餘音嫋嫋，不絕如縷。舞幽壑之潛蛟，泣孤舟之嫠婦。」

「為什麼會有這樣的船客呢？太厲害了！他是怎麼聽懂蘇東坡的文言文？」你們仍有著青春年華的跳 tone 模式，竟然想到蘇東坡唱的應該也算是古典音樂，是那唱腔讓洞簫客感受到音韻裡內藏的情思呢？還是讀出字句裡隱含的象徵之意呢？

想想當時，也許最難掌握的不是飄飄然於長江間的一葦小舟，而是，那冒生自心底的一念之間。

扣舷而歌之，自此，一發不可收拾。

整個水波不興的江面開始興起潛蛟般的悸動。是誰讓平靜的夜晚開始不平靜呢？我問你們。連蘇東坡也在嗚咽哭泣的洞簫聲中提出疑問。「蘇子愀然，正襟危坐，而問客曰：『何為其然也？』」蘇子其實是知道的，平靜的江面，畢竟不完全是心的鏡像。

「客曰：『「月明星稀，烏鵲南飛。」此非曹孟德之詩乎？西望夏口，東望武昌，山川相繆，鬱乎蒼蒼，此非孟德之困於周郎者乎？方其破荊州，下江陵，順流而東也，舳艫千里，旌旗蔽空，釃酒臨江，橫槊賦詩，固一世之雄也，而今安在哉？況吾與子漁樵於江渚之上，侶魚蝦而友麋鹿，駕一葉之扁舟，舉匏樽以相屬。寄蜉蝣於天地，渺滄海之一粟。哀吾生之須臾，羨長江之無窮。挾飛仙以遨遊，抱明月而長終。知不可乎驟得，託遺響於悲風。』」大家唸完接下來的一段，你忍不住舉手說著，「老師，洞簫客果然是有讀過書的呀！」

這是之前泛舟太快樂之後的悵然嗎？我笑笑的問你和同學們。那故作輕鬆的模樣，相信你是看得出來的，不然，你不會下了課還來關切我這個老師。

這裡即使不是真的三國赤壁古戰場，想像著歷史縱軸面上的某一刻開始躁動，煙硝味與廝殺聲瀰漫四野，凡有人情者，豈不動容？光是一句「而今安在哉？」便是生死侷限的大哉問。再如何寄託於天地，再如何瀟灑如滄海，我們這些人呀，還不是渺小的如蜉蝣，如一粟？

當生死念頭與永生念頭降臨心頭時，接踵而來的歷史豪傑，人事全非，都因寄望與寄託，將會使眼前的清明瀟灑跌入深深的泥淖。

這看似竟和最初悠遊江面的蘇東坡背道而馳，但也引起了接下來非常精彩的本體與現象的辯證。

你們說，這一千多年前的蘇東坡就已經理解了「現象學」嗎？其實，哲學的辯證，都是來自於「愛智」，只要在這世間走一遭，不免會思考人類的渺小存在與價值為何，也對於存在的意義，就會有不同面向的討論。蘇東坡身為詩人，引得我們進一步省思，生命的本來面目到底是什麼？他用了「水與月」這兩個極為適切的意象，生命的存在像水與月，無一時刻的存在是相同的，所以看見眼前的水與月，究竟我們能描述的是瞬息萬變的表象，還是與我們雋永相遇的本質呢？我們的生命，不也是如水與月般，屬於造物者的無盡寶藏呢？

社寮砲臺的歷史可追溯至荷西時期，西班牙於 1626 年建造完聖薩爾瓦多城後，在山頂、海濱諸堡壘防禦要塞。中法戰爭後，劉銘傳積極推動洋務運動，由基隆駐守營勇負責築砲臺，工事於 1891 年竣工。日本殖民後，日軍隨即起調查和測繪基隆各砲臺之標高和配備，其中社寮島砲臺修建於 1901 年 5 月（明治 34 年）。此為社寮東砲臺。

「蘇子曰：『客亦知夫水與月乎？逝者如斯，而未嘗往也；盈虛者如彼，而卒莫消長也。蓋將自其變者而觀之，則天地曾不能以一瞬；自其不變者而觀之，則物與我皆無盡也，而又何羨乎！且夫天地之間，物各有主，苟非吾之所有，雖一毫而莫取。惟江上之清風，與山間之明月，耳得之而為聲，目遇之而成色，取之無禁，用之不竭。是造物者之無盡藏也，而吾與子之所共適。』」

當你們念著音韻環環相連的優美節奏時，我也忍不住唸了起來。可以想像當時蘇東坡書寫時內心強烈的自我辯證，其實是一路在清明與懷疑間來回擺盪。雖然「客喜而笑，洗盞更酌。肴核既盡，杯盤狼籍。相與枕藉乎舟中，不知東方之既白。」這最後一段的字意看似豁出去般的快樂收場，但是在前一段的最後幾句押著鏗鏘有力的入聲韻一路押到最後，從「月、色、竭、適」到「酌、藉、白」一路押入聲韻，其實，你們知道嗎，這多少還是透露著蘇東坡並非求道求仙之人。

這也是他的作品一直一路感動到現代的原因。

下課後，你除了問起我個人的問題，還說，蘇東坡在〈赤壁賦〉的虛擬古戰場倒是興起了你想真的走進古戰場，理解古戰場的念頭。「老師，蘇東坡寫得很好是沒錯啦，但是，我覺得生死這件事，從造物主的眼裡看來會不會顯得太平常太自然了？如果我們是造物主，當然可以瀟灑可以清明呀，但是問題是，我們不是呀。」

CASA PICASSO

tuman
café
R.O.C. COAST GUARD
3565

是呀，我也很想了解，如果真來到古戰場，我們會不會比較了解造物主的感受呢？

基隆，曾有多處死傷無數的古戰場，曾迎接國共內戰流離失所的異鄉人，包括我的父親母親。這充滿故事的地方，我想帶你們去。

應是飛鴻踏雪泥

一九四九年第二次國共內戰，中國共產黨取得中國大陸的統治權，我的祖父母為我的父親準備著簡單的行李，隨著他的大哥大姊離開故鄉江蘇常州，坐船來到基隆港。十五歲的他並不知道，這一上了基隆的岸，從此他鄉就成為了故鄉。

你知道嗎？此刻選擇帶你們來到基隆，除了基隆有多處曾是臺灣死傷慘重的古戰場外，我自己也想起童年的事。小時候只知道父親說他喜歡看海，所以常帶我和弟弟來基隆玩。長大後，才從父親口中得知基隆和他的關係。

讀了一段段的臺灣史，才知道，父親與這座島嶼的故事，雖從基隆開始，但並不只是歷史記憶的一九四九年。戰爭，從來不曾在人類的記憶裡停歇。

我想先帶你們走走，去那基隆港西側仙洞巖上的「中法戰役陣亡戰士紀念碑」。

從仙洞巖附近太白街拾級而上，仙洞洞後有一處斜坡，那是仙洞國小的所在，據說這裡曾埋骨無數。一八八四年，法軍率兵攻擊基隆，當時劉銘傳所率領的清軍奮勇抵抗，雙方在仙洞附近展開激烈戰役。

一場戰役下來，雙方死傷無數。之後清軍不敵，法軍佔領仙洞。一九七五年，住在仙洞附近的居民們，為了要在此地建造房子，開闢山地時，陸續挖出不少在中法戰事犧牲生命的戰士骨骸。當時的基隆市長一方面為了紀念這些英勇的士兵們，一方面也是為了讓市民們心裡能夠得以安寧，將骨骸集中，納放在數個罈子裡一起埋葬，同時修建了慈恩祠，集中供奉，並在慈恩祠上方立一石碑，刻有「中法戰役陣亡戰士紀念碑」。

站在紀念碑前，這裡也是曾經的古戰場，我想起了蘇東坡的詞，並非那首〈赤壁懷古〉，而是寫給弟弟蘇轍的七言律詩〈和子由澠池懷舊〉：

〈和子由澠池懷舊〉

蘇東坡

人生到處知何似，應似飛鴻踏雪泥。
泥上偶然留指爪，鴻飛那復計東西。
老僧已死成新塔，壞壁無由見舊題。
往日崎嶇還記否，路長人困蹇驢嘶。

我很喜歡這首詩，之前在課堂介紹蘇東坡的生平時，也曾經分享給你們。當時為宋仁宗嘉祐六年（一〇六一年），蘇東坡正赴陝西鳳翔做官，在經過澠池的路上，憶及弟弟蘇轍有〈懷澠池寄子瞻兄〉一詩，做哥哥的他也寫了此詩從而和之。這首詩很有趣，一開始蘇東坡就直接將他的人生觀寫出來，「人生到處知何似，應似飛鴻踏雪泥。泥上偶然留指爪，鴻飛那復計東西。」

當時坐在教室裡，我請你們一一上臺分享自己的人生經驗。請你們想想，哪些經驗已經永遠停留在發生的瞬間，如雪泥鴻爪般，雖然終將隨時間逝去，但是，你們覺得很值得。

時間長河裡很值得的事，還記得包括我自己的分享，如今看來，都是屬於美好的回憶。現在來到這裡，我們再讀這首詩，又是另一番很不一樣的感覺吧。尤其當我們來到當地人又稱「愛國將軍廟」的「慈恩祠」，發現居然同時供奉著劉銘傳和法國孤拔二位將軍時，大地無言，是誰真正悲憫了蒼生？是不是也能體會蘇東坡在有限生命裡的灑脫與清明呢？

「老僧已死成新塔，壞壁無由見舊題。往日崎嶇還記否，路長人困蹇驢嘶。」果然東坡先生的雪泥鴻爪除了之前和弟弟的塗鴉牆壁外，還有一段段生命崎嶇難耐的記憶。而這些，隨著舊地重遊，老僧已死，生命際遇，一如雪上足印。

再來的下一場雪，輕輕的就將一切淹沒。

基隆市一處沿山小徑，山壁上裝飾著介紹古「基隆八景」壁畫，優美動人。

你們覺得到底這一座慈恩祠的兩位將領，前來祭拜的人是怎麼思量著他們的？是他們的地位？功過？還是一律平等的眾生？每一處風景，每一座紀念碑，每一處寺廟，記錄在歷史扉頁的文字都是大敘述。然而我走過這些風景，我想要了解生活其間的庶民故事，曾經走過的悲歡歲月。但是，他們已成飛灰，沒有聲音，沒有留下任何訊息。面對前方的道路，後倚著的山嶺，我們會是下一個沒有留下任何聲音的棲居者嗎？

人生本無常，「耳得之而為聲，目遇之而成色」，得之遇之，如鴻爪與雪地不期然的偶遇。各奔東西，終是偶然中的必然。

今日的仙洞國小，曾經的中法戰爭埋骨之處。曾經的戰場，就是昔日遠眺敵軍搶灘的要塞，現在我們走到那兒，當我們登臨其間，那兒不再肅殺，只有洶湧的浪濤聲。

佛經〈普門品〉曾經提到「妙音觀世音，梵音海潮音，勝彼世間音」，此刻，我們站在昔日古戰場，遠方已是現代化的海港。層層堆疊的貨櫃，橋式起重機依然執行著貨物起落的工作，海因為文明的需要，被迫只有退得更遠。而曾經深埋荒野的無名戰死者遺骸，此刻早已因生民所需，而改葬他處。兩軍廝殺時，海的聲音會讓他們平靜嗎？還是困擾著遠離家鄉，在此陌生之地生死搏鬥的士兵呢？

這場中法戰役，在一八八五年六月十三日結束，清廷於此戰發現臺灣的海防戰略價值，在戰後宣布臺灣建省，命劉銘傳以福建巡撫的身分兼任首任臺灣巡撫，推動臺灣新政。現在我們來到基隆，有許多砲臺遺址沿山臨海而構築，不管是臨近仙洞巖的白米甕砲臺、獅球嶺砲臺、社寮砲臺、大武崙砲臺、紅淡山砲臺等，如果將這些歷史遺址一一點畫在地圖上，轟轟炮聲彷佛自海平面躍然紙上，戰爭恩怨，但願這些紀念碑文能世世代代提醒著人們，生命可如雪泥鴻爪般偶然，但是避免仇恨，絕不能只靠偶然。

回首向來蕭瑟處

接下來我要帶你們前往的另一處古戰場，那地方的時間離我們更遠了點。

之前我來的時候當地正舉辦「小島的西班牙時光」，邀請大家來島上走訪考古現場、悠遊於小島巷弄、參觀展覽的同時，也能透過味蕾的享受，帶領大家穿越時空，回到許久許久前的「小島的西班牙食光」。

這裡是「和平島」，又名「社寮島」。這是離臺灣本島最近的島嶼，也是一座擁有多元文化歷史軌跡的小島。在四百年前的大航海時期，曾是遙遠的西班牙人殖民地之一，他們在這座小島上建築了臺灣史上最大的西式城堡：聖薩爾瓦多城，以及臺灣最古老的諸聖修道院。

西班牙人於一六二六年發現北臺灣三貂角，同年五月十六日佔領北臺灣雞籠（原巴賽族人領地，即今基隆港）後開始建造此城，十多年後才完工。一六四二年發生雞籠之戰，荷蘭軍隊攻打聖薩爾瓦多城，經過激烈砲擊後，該城僅剩西邊稜堡。一六六四年，在南臺灣失利的荷蘭人重新轉進北臺灣，並修復原城成為北荷蘭城（Noord Holland）。其後在鄭經的攻打下，一六六八年荷蘭人炸燬北荷蘭城，並自雞籠退守。

這裡也是擁有兩千萬年歲月的岩石地景，在日日夜夜的潮起潮落間，美麗的海蝕地形繼續改變著既有的姿態。然而，曾經的古戰場，歷經不同政權的更迭，早已灰飛湮妙。我帶你們來到一處充滿神秘氣息的考古現場，那是近幾年來西班牙考古團隊進駐，與臺灣考古團隊合作，在這座小島上發掘的諸聖修道院。目前已陸續挖掘出後殿牆基、前人骨骸，讓島上曾有西班牙修道院的歷史，逐漸融入現代小島的庶民生活裡。

和平島一景。

當你們從擁有兩千萬年地質的和平島公園，走進不遠處的四百年前西班牙修道院，時間的魔術讓歷史像一彈指，此刻，很適合我們來讀讀蘇東坡的名作〈定風波〉。

我們先來看看這首詞牌後有一段詞題，「三月七日，沙湖道中遇雨。雨具先去，同行皆狼狽，余獨不覺，已而遂晴，故作此。」很有意思吧，「余獨不覺」，如果是你，一陣雨來，發現自己忘了帶傘，你會懊惱自己嗎？還是接受這樣的忘記呢？

和平島公園擁有兩千萬年歲月的岩石地景，在日日夜夜的潮起潮落間，美麗的海蝕地形繼續改變著既有的姿態。

這裡是「和平島」，又名「社寮島」。這是離臺灣本島最近的島嶼，也是一座擁有多元文化歷史軌跡的小島，在四百年前的大航海時期，曾是遙遠的西班牙人殖民地之一，他們在這座小島上建築了臺灣史上最大的西式城堡 - 聖薩爾瓦多城，以及臺灣最古老的諸聖修道院。

〈定風波〉　蘇東坡

莫聽穿林打葉聲，何妨吟嘯且徐行。
竹杖芒鞋輕勝馬，誰怕？一簑煙雨任平生。
料峭春風吹酒醒，微冷，山頭斜照卻相迎。
回首向來蕭瑟處，歸去，也無風雨也無晴。

2004 年，基隆市政府公告指定社寮砲臺（東、西區）為本市市定古蹟，目前僅有東砲臺開放參觀。此為社寮東砲臺。

宋神宗元豐五年（一〇八二年）的三月七日，時蘇東坡謫居黃州已經第三年，從一個「烏臺詩案」死裡逃生的人生逆境，初初貶謫來到此處時，當時驚惶失意，如驚弓之鳥。

生命居處不定，親朋好友不在身旁，也是因著一份閒職，讓東坡能因而四處遊歷，寫下與自我對話的諸多作品。第三年的貶謫生活，想想也是時間的魔力，讓生命在波折頓挫中看見智慧。途中遇雨，凡人如我多是自責自己沒事先準備，帶傘多好，就不會讓自己如此狼狽。但是蘇東坡遇雨，便寫出這樣一首詞來，「莫聽穿林打葉聲，何妨吟嘯且徐行。竹杖芒鞋輕勝馬，誰怕？一簑煙雨任平生。」何須執意於突然而來的一場大雨澆擾自己呢？他對自己說，何不就讓自己在雨中大生吟嘯放歌，不急於躲雨，好好地慢慢地享受著呢？

身上有的哪怕就只有竹杖和芒鞋，也輕鬆的好過有馬騎乘。如果內心無所畏懼，即使生活簡樸到只有蓑衣遮雨，也能安然度過風風雨雨般的一生呀。「料峭春風吹酒醒，微冷，山頭斜照卻相迎。回首向來蕭瑟處，歸去，也無風雨也無晴。」

料峭風雨中前行，難免澆醒了殘存的酒意，身體雖然突然感覺寒冷，但是清醒意識讓自己發現，不知什麼時候雨停了，前方山頭的陽光正迎接著前行的我。回首方才邊吟嘯邊覺寒冷的來時路，其實早已不在意當時是風雨還是放晴呢？你們是否覺得讀完這首詞，彷彿活生生的東坡先生就在眼前穿越風雨，瀟灑地哼著這首詞呢？

我們來到和平島，這一座充滿歷史故事的古戰場，是否也能感受到自己如果真是自己的主人，如何不能與漫漫歲月的風風雨雨抗衡呢？許多人生的境遇，並非我們都能預作準備預先設想到的，唯有自己的心，「誰怕」。

此為社寮東砲臺。

人間有味是清歡

離開基隆前的最後一站，我們又回到仙洞巖。蘇東坡的詩詞接近禪宗與道家，離開了古戰場，我們回來這裡繼續讀蘇東坡。

基隆仙洞還是漁村的時候，仙洞巖這兒是聽得到潮聲的。據說這裡有人得道成仙，故名仙洞巖。原來，這座海蝕洞穴，地方耆老相傳於清朝時是漁民休息場所，後為祈求捕魚平安而供奉神明。漢族人尚未移墾臺灣北部時，基隆地區由平埔族凱達格蘭人散居其間，所以基隆地區與南島民族有關的地名很多，除「雞籠」外，像「八斗子」、「大武崙」、「暖暖」、「瑪陵坑」（位於七堵的山區）、「拔西猴」（位於七堵的山區）、「友蚋」（位於七堵的山區）、「後旦旦」（位於七堵區草濫段）、「阿班嶺」（在七堵區瑪西里）等地名都源自南島民族。根據頭城人李逢時〈雞籠八景詩・仙洞鳴泉〉詩作中「不必

「飛昇人亦仙」一句，推論清同治五年—八年（一八六六－一八六九年）龍華派源齋堂張賜歡已在此修行。此組詩收錄於《泰階詩稿》，其中仙洞之景當時名為「仙洞聽濤」。

那時村裡的人們以捕魚為業，漁船進出，依時作息。現在的我們走進仙洞巖，沿著崎嶇窄小的石穴洞窟前行，老實說，既濕溽又侷限，我們玩著鬧著進來了，不時會遇到刻在石壁上的一尊尊或大或小的石佛。聽說這裡曾經離海最近，漲潮時甚至可以行船划進洞裡，那時海邊的人一定會爬到這座海蝕洞上垂釣吧？你們可以想像嗎？當時走在洞裡，海裡的魚蝦就在腳下，海上的浪一波一波打在堅實的小腿肚上，身體的節奏可以隨著浪濤款款移動，時上時下，多走幾步就是更深的海了，讓頭潛進海裡暫時離開大地的視線，甚至就讓自己完全潛進海裡，沒有別的思慮，就是與海同在。

曾幾何時，這裡離海愈來愈遠。洞前面臨基隆河西岸，日治時期為了興建貨櫃碼頭，讓一條大馬路切開了洞口與海岸的連結。這裡有海，卻在岸邊堆滿了數不清的貨櫃。

基隆仙洞巖裡有兩尊日治時期的石佛，那是當時設置於基隆的西國三十三處石佛其中的兩尊，安置於仙洞巖最勝寺，也就是現今仙洞巖所在。西國三十三箇所是位於日本近畿二府（大阪府、京都府）四縣（奈良縣、和歌山縣、兵庫縣、滋賀縣）和岐阜縣的三十三處觀音靈場（寺院），或稱西國三十三所。曾經遍置基隆各處的三十三尊石佛，現已多數不知去向。身為每一尊日式石佛，其底層刻著出身來處，歷經日治時期各宗派來臺佈教過程，為了撫慰離鄉來臺的日本移民，在基隆這裡遍置三十三尊石佛。而今，基隆早已不是當時隨時可聽見「噢嗨悠」、「噢伊四」的日本殖民地，但是日本文字依然不時出現在街道看板，商品名稱穿插幾個片假名也不足為奇。

KEELUNG

可愛的說話尾音，輕聲細語的恭敬口吻，這座城市說是明顯受到三千年儒家文化的影響，不如說依然殘留著日本曾經佇足的歷史記憶。

一九四五年，曾經居住半個世紀的日本人離開臺灣，在這座島嶼曾經熱烈生活著的風俗習慣、宗教信仰、文化語言等卻不能也就這麼迅速撤離。你們知道嗎，現在得在網紅名店排隊購買的日式點心，我小時候居住的南萬華市集，都可以吃得到，那是甜而不膩的日式甜點，不管是「白頭翁」、「日式銅鑼燒」或是「紅豆羊羹」，那種如夏夜微風下的甜蜜舌尖，是留在記憶裡一處日式味覺的感受。長大的日子裡，有幾次和它們擦肩而過的巧遇，不是太甜膩，就是多了臺式的風味，心裡一直不解的是，這些小時候吃到的日式甜點，究竟是藏了哪些日本治臺五十年的殘存記憶呢？那天我帶你們來到基隆最熱鬧的信一路一帶，一臺並排著中日文字的攤車上整整齊齊排放著各式各樣的日式和菓子，我買了一些請你們吃，你們也吃出其中的不同。雖然內餡多是以「紅豆泥」為主，但是和臺式紅豆車輪餅就是個性不同。可惜老闆說，他們只做到月底。

蘇東坡也是非常懂得味覺享受的美食家，在困窮的環境裡，依然能為生活帶來精神與味覺上的饗宴。我想起了蘇東坡的一首擺春盤的作品：

這些小時候吃到的日式甜點，究竟是藏著哪些日本治臺五十年的殘存記憶呢？來到基隆最熱鬧的信一路一帶，一臺並排著中日文字的攤車上整整齊齊排放著各式各樣的日式和菓子，內餡多是以「紅豆泥」為主，但是和臺式紅豆車輪餅就是個性不同。

〈浣溪沙・細雨斜風作曉寒〉

蘇東坡

細雨斜風作曉寒，
淡煙疏柳媚晴灘，
入淮清洛漸漫漫。
雪沫乳花浮午盞，
蓼茸蒿筍試春盤，
人間有味是清歡。

CASA PICASSO

當時為元豐七年十二月二十四日，蘇東坡由黃州調任汝州（今河南臨汝），赴任途中，曾於泗州小住，這首詞便是在此期間，與友人劉倩叔在泗州附近南山遊玩的時候所寫。

此時的東坡，離開了貶謫四年的黃州，在調任途中，心情的轉折彷彿冬末初春的風景。前往南山遊玩，天氣依然冷冽，在一年將盡的日子裡，天氣微寒，吹著斜風飄著絲絲細雨。但是心情卻猶如點點春色開始冒出新芽。淡淡的煙霧，灘邊稀疏的柳樹似乎在向剛放晴後的沙灘獻媚。眼前入淮清洛，彷彿漸流漸顯見視線的廣遠無際。乳色鮮白的好茶，伴著立春習俗擺上一盤新鮮的野菜，人間真正有味道的還是清淡的歡愉。

這首詞上半闋寫早春景象，斜風細雨一片迷濛，遠方的江河流向無盡處。其實，這也是蘇東坡想要告訴我們的事，生命如四季，將轉折處當成生活的藝術，當令蔬果有什麼就擺什麼盤，手邊茶食有什麼

啜飲什麼茶，以清茶野餐遊歷南山，這首詞寫著自己體會的「清歡」是什麼，清雅舒放的人生況味不言而喻。

這些片段的記憶，一次次的逐漸消失或遠離，好像夏日森林裡忽隱忽現的螢火蟲，不時閃爍在這座島嶼一隅，此起彼落，仿佛可以串連成一片大地的星輿圖。想要刻意追索，它們卻又消失無蹤，頑皮的隱遁在生活巷弄某處，有時佯裝成現世的生活形態，有時又安靜無聲，自遠處凝視著我們，等著下一刻與我們的相遇。

我不停的想像，在父親第一次登臨這座島嶼時眼裡的風景，在開始摸索海港山徑荒跡處時，是如何想像著他的青春歲月。就像你們在車水馬龍的市聲間也可以想像，想像一百、兩百、甚至三百多年前的某處、某處、還有某處，這些刻著異國文字、番號與寺廟名稱的雪泥鴻爪，曾經默默的靜立一隅，一任日曬風吹，安靜的持守著日月星辰的更迭。然而，當戰爭結束，在這座島嶼上的異鄉遊子紛紛遣返回鄉，日本石像的尊嚴頓時成了街邊荒徑的野石頭，有的被丟入溪邊，有的不知去向。

而我的父親，在命運的安排下，能夠遠離戰爭，在這座島嶼落地生根，繼續以他的母語教養他的下一代。

這座島嶼曾經處處是戰場，也處處是朝聖修行的靈場。我們生活其間，也是在時間的軌跡裡進行一趟人生朝聖之旅，自行連結著生命時間裡的諸神意象，讓行吟其間、暫時賃居的旅人們與自己一一相遇。

不在計劃之內的時間，像螢火蟲和夜晚的對話，不知道這一切是怎麼開始的。為了求學，我們走一條求學路；為了養活自己，我們走一條就業路，還有，為了找一個相知相許的人，我們小心翼翼的持守著自己的愛與慾望，勇往直前，並且等待相遇，然後，各奔東西，然後學習著清明放下。我們活在時間裡，然而時間這條路卻不一樣，它其實並不成路，散落時間各處的足跡，其實並沒有確切的地址。

這裡是基隆，是我父親的起點，也是其他人隨時可以訂下的起點與終點。

什麼是你們生命真正的起點呢？何處又是你們內心曾自訂的旅途終站呢？

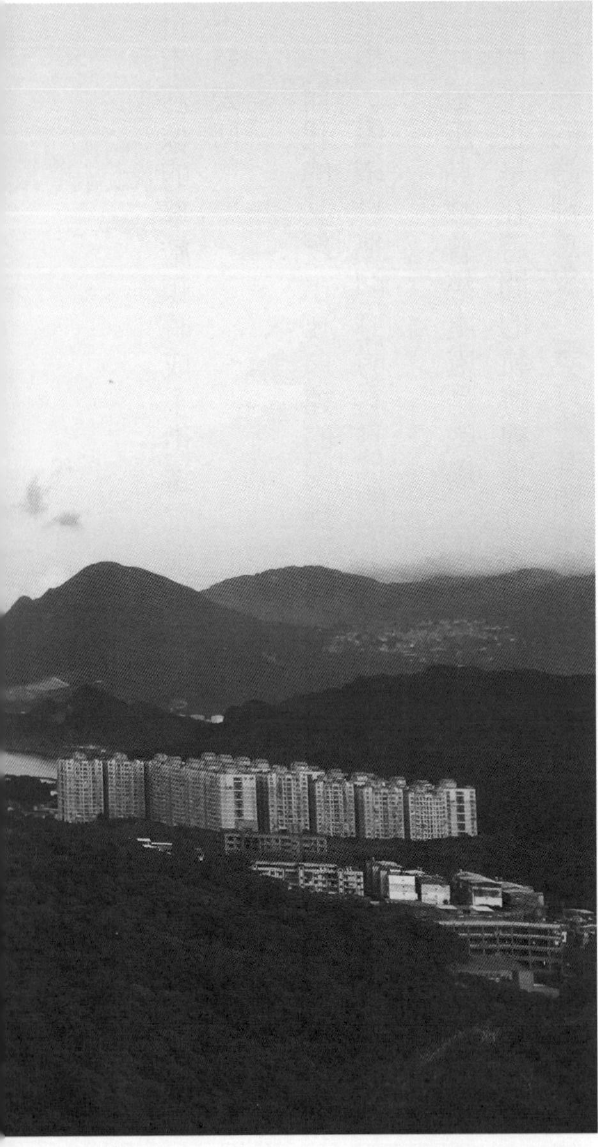

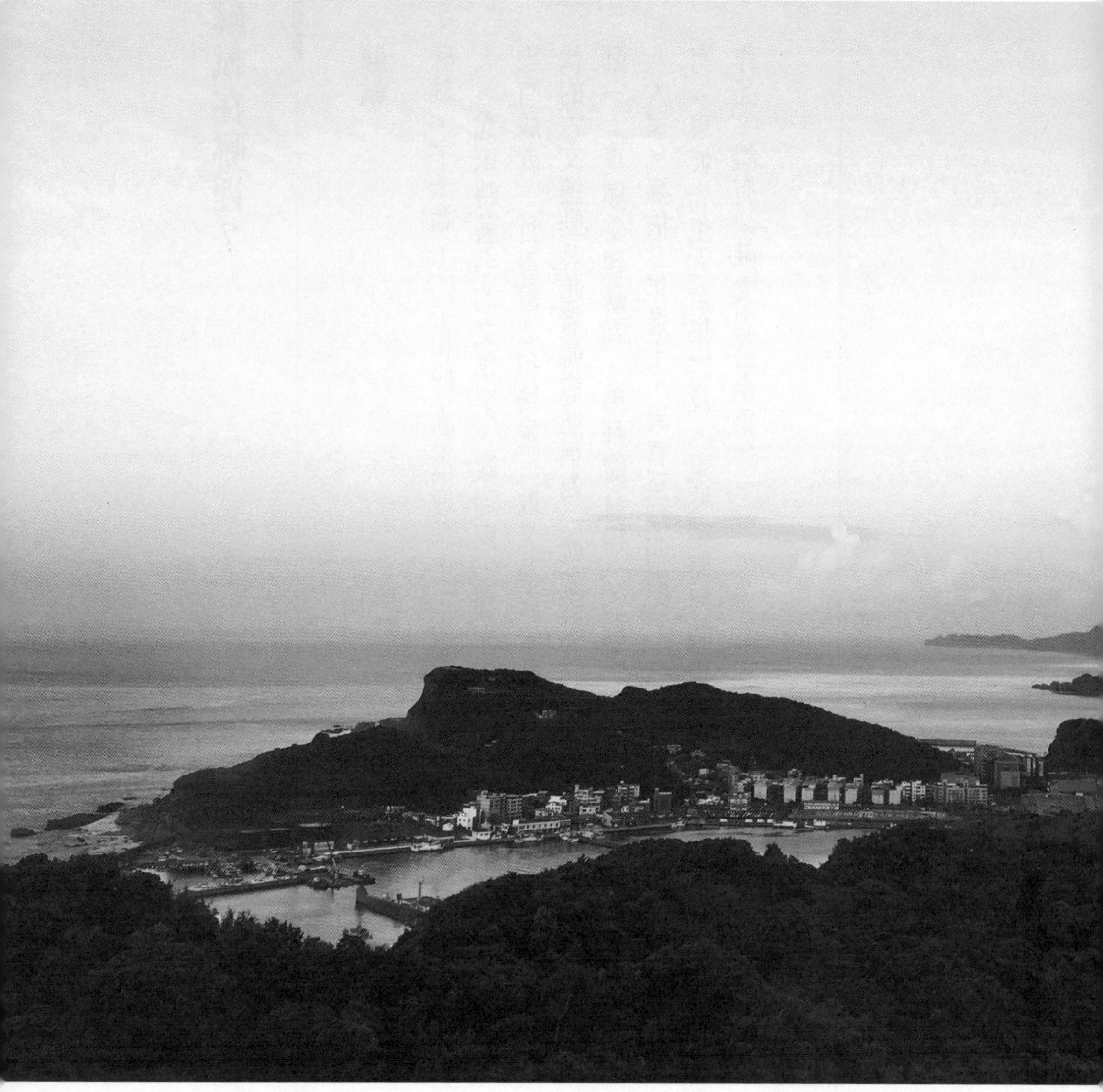

蘇軾在哪裡？

蘇軾

蘇軾，字子瞻，一字和仲，號東坡居士，眉州眉山（今四川省眉山市）人，北宋時著名的文學家、政治家、藝術家，其散文、詩、詞、賦均有成就，且善書法和繪畫。散文為唐宋四家（韓柳歐蘇），與唐代的古文運動發起者韓愈並稱為「韓潮蘇海」，也與歐陽修並稱「歐蘇」；更與父親蘇洵、弟蘇轍合稱「三蘇」，父子三人，同列唐宋八大家。嘉佑二年進士，累官至端明殿學士兼翰林學士，禮部尚書。有《東坡先生大全集》及《東坡樂府》詞集傳世，宋人王宗稷收其作品，編有《蘇文忠公全集》。

旅人的對話

- 以「入聲韻」的使用來解讀〈赤壁賦〉末兩段的意旨，你覺得是否合宜？為什麼？
- 「人生到處知何似，應似飛鴻踏雪泥」一詩，你覺得蘇東坡是悲觀，還是達觀呢？
- 你會如何在時間的軌跡裡進行一趟人生朝聖之旅？
- 你會如何連結著生命時間裡的意象，讓行吟其間、暫時賃居的旅人們與自己一一相遇？
- 基隆曾經處處是戰場，也處處是日治時期朝聖修行的靈場。何不也來設計一趟屬於自己的人生朝聖之旅呢？你會如何進行這一趟旅程呢？

後記

臺灣山城海教育現場：以《詩經・蒹葭》為例

一、從臺灣地景品味文學人生

沒想到我們會在這裡相遇。

從小我的夢想就是環遊世界，拉開四樓書房的窗簾，臨窗的屋宇都是兩層樓的平房，邊間的視野讓我可以貪看極遠處的陽明山，還有山後那看不見的世界，年少的我渴望自己的人生可以連結這一切。

對於臺灣的故事，我只讀課本裡的知識。

直到數年前，在一次訪談中，臺灣的空間地景入口為我悄悄開啟。每一站不只一個故事一個人物，聽了一個個的故事，我還想一直聽下去。

我愈來愈耽溺於打開任意門，做個穿越時空的文學旅行者。

有時是故事的主人找上我；有時，我帶著行囊，自己啟程力邀同行的旅者；有時是素昧平生的今人；有時是充滿文學智慧的古人。但是他們受到我的熱情邀約，都非常樂意成為「顧式旅讀」的領航員。

那次的訪談，詩人白萩提及當時居住在臺南市「新美街一號」，附近曾是航運的出入口，各地貨物經由此出入府城，詩人筆下的新美街短如盲腸，熱鬧的米街四處充斥着迎接商旅的大旅社。沒想到今日的新美街，已是一條跨越民生路、民權路及民族路的狹長街道，而簇新門牌的「新美街一號」，早已非昔日的米街第一家。

透過訪談、資料，我一步一步穿梭在今昔的新美街，找尋白萩詩作《香頌》裡那位年輕詩人曾經生活的斑駁光影，體會詩人投身藝術創作與現實生活拉扯的心情，也深深愛上了臺南，以及這條新美街。二〇一五年底，透過非虛構式書寫，順利完成了詩人白萩的傳記，也開啟下一次書寫臺南的計畫。二〇一六年六月，獲得國家文藝基金會創作類補助，開始著手書寫《鹽田・新美・葫蘆巷：臺南作家追想曲》；七月，申請為期兩個月的「南寧文學家」進駐計劃，透過「葉石濤文學紀念館」的安排，我在臺南的兩個月，擁有屬於自己的第一個家。從新美街出發，繼續為葉石濤、楊逵、陳秀喜、楊熾昌、蔡素芬書寫作家生命與書寫的臺南，這一座「看／不見的城市」。

二〇一六年九月，在臺北國立臺灣師大附中語資班與特色課程班開設「雙城齊謀：臺北VS臺南聲景地圖」，與臺南一中語資班合作，帶著兩地的學生認識這兩座城市，追尋城市空間裡的作家與作品。

今天，我想來點不一樣的。

最近志玲姐姐和伍佰哥哥都會不時跳進螢幕裡，一次次提醒買家的話，其實滿洗腦的。我也常常想起這句話，尤其是晚上失眠的時候。不一樣，不一樣，不一樣。在尋常生活發現的不一樣，其實「發現」兩個字是「不一樣」的開始。

今年我開始創作《探險時代．臺灣山城海》，創作期間我回到臺南，發現臺南又為我開啟了一扇穿越時空的旅讀路線。

我發現，葉石濤和北宋詞人柳永擁有著穿越時空的共感心靈，我在臺南小巷弄裡閱讀葉石濤小說裡的浪漫情懷，葉老以臺南巷弄花草為意象，鋪陳他文學生命裡或典範或猥瑣或淒美的有情世界。而一千多年前的北宋詞人柳永，也以自己的意象文字，展現他細膩浪漫的有情天地。幾處的臺南地景，不僅因著葉石濤的作品得以穿越時空，連柳永也以他雋永的作品回應臺南花草地景，既庶民又浪漫，字裡行間告訴我們屬於他品味的文學人生。

二、穿梭巷弄的古典式散步

教授語文與文學寫作，並不等同於傳授大考作文得分秘笈，更是一門值得設計研發的有趣課程。課程有趣關鍵並不在於仰望「文學」門檻有多高，而是藉著課程設計，如何引逗著學生走進文學，理解從了解土地、記錄土地、關愛土地，進而發掘閱讀與創作的無上樂趣。

文學即是運用虛構與非虛構的書寫藝術。帶領學生走出教室，走向臺灣山城海各地的走讀教育現場。如何運用想像力、知識力、邏輯思維與觀察力，引導學生寫下的不僅是觀察結果的「考現學」，更是考察臺灣山間、城市、海隅的「文化人類學」，透過走讀，帶領學生穿越時空，構築想像，聆聽土地與先民的記憶。

例如「一日聲景地圖」的課程設計，是為期一年的「雙城齊謀：臺北VS臺南聲景地圖」課程的第一份作業。那天，我錄下了每天清晨的例行聲音，成為一日最特別的聲音，同學們也陸續分享他們的「一日聲景」。之後，我們陸續完成了「一地聲景」，為我們又愛又恨的校園錄下自己認為最特別的聲音。

從一日到一地，我們從關心自己開始。接下來我們將走出校園，透過六大議題關心校園四周到底有什麼。文學大安、市場大安、創藝大安、阡陌大安、宗教大安、自然大安，以六大議題具體而微地將大安區建構為一首組詩，以重返聲音與影像的角度尋找大安區的可能靈感，共同完成一首屬於大安區的現代詩聲景地圖。而位居大安區的國立臺灣師範大學附屬高級中學師生，從自己出發，運用一學年的課程，以搜集在地聲音與影像，看看是否能為自己的青春與土地觀察到什麼？聽見什麼？甚至，留下什麼？

每一個課程議題的啟動，其實都是創作一組詩想像的開始。多麼像詩，我私心以為，卻不明說給學生。我希望那是一份禮物，在未來的某一天，未來未來的某一地，他們會收到我、土地或是自己給的禮物，然後，繼續期待著哪一天又會收到。當每一組啟動屬於自己的大安議題時，他們必須先討論對於議題的想像與關懷，搜集真實，切進真實，或是辯證真實。然後設計一份旅行地圖，分享他們所理解的真實與想像，並且成為議題旅行的設計師與導覽家。

再美的詞彙，都是枉然。

身為策劃單元議題的學生們，在課程中帶領全班同學走出校園，走進議題現場，透過旅程的設計，邀請同學一起搜集聲音與影像。他們引導同學「觀看聲音」，建構自己的聲音地圖，而其餘同學透過自己的觀察，自行搜集、建構、書寫，完成屬於自己的議題聲景地圖。

村上春樹在《挪威的森林》一書寫著：「渡邊：信只不過是紙而已。即使燒掉了會留在心裡的還是會留下，信就算保留著，不會留在心裡的也就不會留了。」身為老師的我，不過就是提供接近議題的一篇篇文學作品，提供問題，提供作業及繳交期限。能不能，需不需要留在生命底層，成為生命底蘊的一部分，那就是學生們的事了。

經過一學期大安聲景地圖的搜集、討論、書寫與玩耍，位於平行時空的彼方，臺南一中的語資班同學們，也在老師的帶領下，完成屬於臺南的六大聲景地圖。當然，這兩座城市，兩所學校並不會僅只於平行時空下的各自書寫，而是在書寫自己的城市聲景，閱讀另一座城市的相關文學作品之後，安排兩校兩地的互相觀摩與參訪。

下學期就是創作以城市為主題意象的仿現代詩發表過程。當臺南一中的同學們透過臺北師大附中同學們設計的六大議題闖關活動，彷彿他們也走了一遍六大議題的旅程：師大附中吉他刷刷聲、清真寺、水牛書店、飛頁人文書餐廳、安東市場、徐國能教授的童年小巷……。當臺北師大附中來到臺南一中，聆聽友校同學們搜集校園四周廟宇乩童起乩等聲音、走進葉石濤筆下的蝸牛巷、水蔭萍筆下「頹廢的臺南」，這一切的聲音，彷彿自動有了意象與意象的連結，連結成也許是土地的聲音、青春的聲音，或是對未來聲音的想像。

而這些，都將回到土地的模樣，帶領學生重返土地、聲音與影像，回到書寫，回到熱愛這片土地的開始。

這本《探險時代・臺灣山城海》，透過寫作與走讀，紀錄與時空交錯的非虛構書寫，不僅呈現臺灣山城海土地的歷史記憶，並能透過語文知識的追索與品讀，呈現人、土地與古典文學的永恆智慧，讓互文、重構與錯置的創作方式，再現今昔意象。

每一篇的素材基礎皆是來自實際踏查與創作主題的追尋實踐，不論是關切土地議題，都從自我要求的採訪作業開始，至少都包含搜集歷史素材與影像，然後透過書寫，逐漸接近土地與自我存在的真實對話。搜集土地的意象仍在書寫裡安置本為土地的意義，也許已轉化成為文學鏡像世界裡的自我生命意象，但我一直相信，「書寫」本身對每個人的獨特意義。

從陌生到熟悉，從熟悉才能產生情愛糾葛，心裡若沒有打開認識的門，如何對文字與土地產生真實的感情？

三、一個人的旅行是族人最初的記憶

沒想到我們會在這裡相遇。

帶著學生們來到戶外走讀，這裡有一整園子的印度橡膠榕，在條件允許下，幾乎每一株印度膠榕都會用裸露地面的根系占據周圍大片土地，如蜘蛛網般牢牢牽繫著。於是根與根之間自然而然的也就彼此連結，樹葉與樹枝之間也就順勢的環抱在一起。一點也不客氣的生命力，在這所臨太平洋的學校裡，彷彿心裡深處話說得更多了些，也更放膽了些。

我們在此相遇，一起來到印度橡膠榕的懷抱與懷抱之中。天氣清朗，海風顯得慵懶無心，地表有些沙礫，讓行走的聲音有些穿透沙漏的憂鬱感。

我們在此相遇，以為時間在這片土地上的痕跡將暫時被我們遺忘。

沒想到，他們還是依約而來。

我們沿著廣場四界走著，東邊和西邊是隆起的山丘，不時會有黑鳶盤旋其間，畫著圈圈，一個又一個，或大，或者沒有邊界。天空是牠們的氣場，原來在我們與牠們之間，隨著羽翅輕輕畫出了氣流。圈圈是我們看得懂的線條，看不見的，也因而得以看見。

我們在地上行走，黑鳶在天空自由。當牠們隨著氣流遠遊，不見，猛一抬頭，一切又彷彿從不曾發生。

在我們心裡留住了，那黑鳶的飛行。

廣場的南邊是向著太平洋，那一望無際的湛藍，懷抱著另一座小小的島，在隆起的山丘上是望得見的，那是另一種懷想，不時提醒著自己一種呼喚遠行的記憶。

其實，一個人的旅行是族人們最初的記憶。

最終與最初。那原始生命的模樣，大航海時代的冒險，地球自轉的真理，愛一個人的記憶，都是從遠眺開始，看著遠方的想像，開始構築規畫下一趟旅程的地圖。

等到有一天，這些留在心裡的想像，會在心裡向我們吶喊，催促我們出發，尋找世界某處的一塊拼圖，成為生命地圖的一部分。

畢竟，我們是現代性的文明產物，來到海隅，忘記祖先習性，不再狩獵，不居洞穴，彷彿天生就是都市聚落的一部分。然而殘存的記憶不時呼喚著我們從山林，從海上，好教我們繼續認識周遭的環境。採集、編織、儲存、冬眠，好過冬，好一個人隨時出發，前往廣袤邊際，尋訪曠野的另一個人。

今天，我們就是從現代主義的教室出發，相信人類必須接受教育，好從文明與目的性備齊的教育出發。

此刻，我們必須放下成見與遠見，回到海邊山隅，一起採集、編織、儲存和準備冬眠。以手中僅有的一堂課時間，以雙足踏旅這座島嶼，在自由的黑鳶與看不見的氣流圈圈底下，我們依然忍不住以眼神探問著彼此（若我們還沒有倉頡，更不知文字為何物），除了熟悉的PPT與教學場域，我們究竟還能看見什麼？甚至還能放下書本，僅靠著自己的本能，完成採集、編織、儲存和冬眠嗎？

這座島嶼，今日是我們族人走出闇黑洞穴遇到的第一片土地，是第一個陽光照射的新世界。我們相偕而行，環顧四周，這裏是島嶼一隅，面積不大，就是一株又一株印度橡膠榕環抱而成的胸膛。平時我們若無其事地從它們的胸臆裡自由進出，從不知道這些樹和這些枝葉究竟怎麼活下來的？它們寬碩的濃綠樹冠，成為土地最佳的遮蔭，人們愛它，愛它肆無忌憚地生長，愛它無心覆蓋土地卻無所不在的穿透力。

總是不停地向外擴張，為什麼它們會如此貪婪、霸道呢？四季的模樣卻又幾乎一致，除了幾片綠葉偶有轉黃。於是人們便很少將眼光投注在它們身上。為了採集、編織、儲存和冬眠，我們來到它們身邊，想的不是可以掠奪些什麼，而是，我們究竟還能理解些什麼？聽見些什麼？

為了採集，而紛紛離開洞穴的祖先，當他們對即將登臨的土地一無所知時，不也是為眼前突然出現的自然山川萬物驚嘆連連嗎？那些無法預期的驚奇與反應，那些隨時期待採集與儲藏的心情，我們有沒有在基因記憶庫裡好好收藏著呢？

於是，我們不禁在這片植滿印度橡膠榕的島嶼一隅裡來回逡巡，打開基因與時間之門，走向深邃又冷冽的情愛，連結陌生又熟悉的自己。

只為喚起生命裡曾經只懂得採集、編織、儲存和冬眠的前文明期與前青春期。

四、以《詩經・蒹葭》為例的巷弄式寫作

年前流行網路的拼貼遊戲，姑且稱之為「現代詩遊戲」，引起眾人的嘖嘖稱奇，大凡你只要自己福至心靈的創造前兩句，最後的收尾來上一句「像極了愛情」，怎麼看都是邏輯合理、結構完整的好詩。當時全天下人有了這個公式，仿佛打通詩的任督二脈，都能稱之為詩人了。

我們可以感謝這個公式的發想人，不管他最初的動機是什麼，也先不討論什麼是好的現代詩，能讓大家不禁大發詩癮，還能回味愛情，就值得好好的感謝了。其實「像」是譬喻法的「喻詞」，將「喻體」與「喻依」看似無關的兩個名詞結為意義上的連理，這是需要想像力的。透過想像力，才會參透原來無關的兩個東西，其實有某種意義上的關聯。當然，明明白白地運用譬喻法裡的「明喻法」來寫詩，是屬

於練習級的寫法，但是，它的確是個很容易上手的「門票」。領進了現代詩的大觀園後，就看詩人們能看出什麼門道呢。

別忘了最後一句「愛情」也是關鍵，「愛情是什麼？」，自古以來誠為墨客騷人魂牽夢縈的主題曲。「愛情」的千萬姿態，終歸是無法定於一尊的。這「像極了愛情」一句，聰明地將向現代詩的歧異性（split）與愛情的歧異性忠實呈現。

今僅以《探險時代・臺灣山城海》一書中的第二章〈迷失在臺南中西區的浪漫〉為例，當初我在寫作此章時，臺南中西區的小巷弄與葉石濤筆下的臺南巷弄，一張穿越古今的3D地圖逐漸疊合交錯。我找到一個很精彩的議題，那是葉石濤小說裡的主題之一：浪漫而纖弱的情愛，而最近葉石濤文學紀念館旁正有個裝置庭院「葉老文學花園」。

我走在葉老文學花園裡，發現館方正以愛情為主題，挑選出葉石濤作品中適合栽種的植物營造而成，主要根據以下五篇小說〈葫蘆巷春夢〉、〈齋堂傳奇〉、〈玉蘭花〉、〈石榴花盛開的房屋〉、〈萬福庵〉，共有二十一種植物。那我何不以這五篇小說為例，來聊聊葉老如何展現他的浪漫情懷呢？但是，如果沒有加入個人的主觀看法或是觀察想像，我相信，必不脫網路介紹，人人皆同。

於是，我加入「我」的想像與理解，將「我」的人生融入葉石濤小說與臺南二〇二一年的花草巷弄。原來「像極了愛情」成為兩者極巧妙的連結，那麼，這樣是否也能加入其他的文學作品呢？

我想起了「衣帶漸寬終不悔，為伊消得人憔悴」的柳永，他的〈蝶戀花〉令人陶醉。當我帶著他的作品，走在臺南中西區留存早期華麗與破落的建築殘影間，另有「像極了時間」與「像極了自己」浮現心扉，將我們幾個人的不同時空一一疊合對話。

於是我先設定這篇文章的主題：「退回到自己，盡情做自己」，以柳永與葉石濤的作品為例，將兩個懂得浪漫情懷的人揪在一起，帶我走一趟葉老的臺南市中西區地景，如葉石濤故居、萬福庵、葉石濤文學館、算命巷（葫蘆巷）、蝸牛巷、祀典武廟、大天后宮、新美街、臺灣文學館、湯德章紀念公園等地。

柳永的「忍把浮名，換了淺斟低唱」、「便縱有千種風情，更與何人說？」、「爭知我，倚闌干處，正恁凝愁」、「又爭似從前。淡淡相看，免恁牽繫」也成為臺南市中西區小巷弄的最佳詮釋。來一趟穿梭巷弄的古典式散步，從臺灣地景細細品味文學人生。不知柳永是否欣然同意呢？

我們不妨也來設計一趟屬於《詩經・蒹葭》篇的旅讀地圖，供學生發現屬於自己沉思的角落，或是足以寫下旅讀心情的秘密空間。

我們看看《詩經・蒹葭》一首，詩人雖未闡明主題為「愛情」，但也正符合我們對詩意象的「歧異性」想像。這首詩也可以解讀為「像極了時間」、「像極了自己」、「像極了山背後的夢想」……。所以，當我們閱讀此詩的同時，不趁機帶著學生外出尋訪「像極了愛情」等等的意象，連結自身與外在地景的各種可能，不是太可惜了嗎？

蒹葭蒼蒼，白露為霜。所謂伊人，在水一方，溯洄從之，道阻且長。
溯游從之，宛在水中央。
蒹葭萋萋，白露未晞。所謂伊人，在水之湄。溯洄從之，道阻且躋。
溯游從之，宛在水中坻。
蒹葭采采，白露未已。所謂伊人，在水之涘。溯洄從之，道阻且右。
溯游從之，宛在水中沚。

(一) 課堂討論：

請學生在閱讀《詩經・蒹葭》篇之後，分享本詩作者所創造的「在水一方」可望難即、卻不放棄追尋的意象，像極了生命裡什麼「抽象的概念」？

(二) 設計散步主題：

從「在水一方」這一具有普遍意義的藝術意象中開始，尋找學校內外地景裡「像極了時間」、「像極了自己」、「像極了山、城或海背後的夢想」、「像極了愛情」、「像極了○○」等的意象，請同學揀選其中一項主題開始搜集。

(三) 創造自己的旅讀地圖：

帶著自己具照相功能的手機，開啟網路功能，下載「relive」

app，並拍攝與「像極了○○」有連結的地景五張，其中至少有「遠景、特寫、近景」三種拍攝角度。

(四) 學生旅讀紀念品：

拍攝不同地景的照片，經由「relive」app的記錄，將會彙整為一張具3D立體效果的動畫地圖及影片。循著地圖上拍攝的照片，請同學分享「像極了○○」的藝術意象與生命意象。

(五) 下筆寫作：

下筆寫作前，先請同學了解「意象」、「象徵」與「意境」的意義，並分析文學作品與這三者的關係。

接下來的課堂寫作活動，可先從現代詩的創作開始。

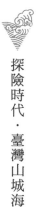

運用學生戶外旅讀的五張照片及影片，進行現代詩創作的活動，並加入「我」字，讓學生理解「我」與「意象」的連結重點，這也是「敞開自我」的開始。然後再將具「意象」的個人現代詩作品視為散文創作的門票，讓學生理解尚好的散文作品不是記錄流水帳式的「散」文，而是具「主題性」與「象徵性」的結構性散文。

(六) 回到地景本身：

可就學生旅讀或是拍攝的地景，請學生進行文、史、地理或生物等相關知識背景的搜羅，將寫作的過程視為一次次與自我、古人、土地的對話。再請學生思考，這些相關的客觀知識是否能夠增加自己寫作的內涵呢？像《詩經・蒹葭》裡「在水一方」的「蒹葭」，當時的作者若改為臺灣鄉野山間常見的「野薑花」，是否就能順利呈現霧裏看花、若隱若現、朦朧縹緲的意象呢？那內在可望難即感的心情，透過適切的意象，是否能為表情達意的寫作過程加分呢？

學生常苦於生活經驗的貧乏與寫作靈感的枯竭，身為老師的我們辛苦引導，無非冀望學生能夠左右逢源、文思泉湧，其實，連古今名家都依然常為此苦惱。經過旅讀課程的設計，加入古典式的戶外散步，讓學生帶著「古人」，與學生熟悉又陌生的地景發生同構共振和同情共鳴。相信整個臺灣山城海都是教育現場，當會喚起學生一個人玩耍或是行走的記憶，敞開自我，為自己的寫作歷程畫出屬於自己的地圖。

顧顧旅讀　文學朝聖之旅 01

探險時代 · 臺灣山城海

作　　者　顧蕙倩

發 行 人　王秋鴻
出 版 者　商鼎數位出版有限公司
地址／235 新北市中和區中山路三段136巷10弄17號
電話／(02)2228-9070　傳真／(02)2228-9076
郵撥／第50140536號　商鼎數位出版有限公司
商鼎文化廣場：http://www.scbooks.com.tw/scbook/Default.aspx
千華網路書店：http://www.chienhua.com.tw/bookstore
網路客服信箱：chienhua@chienhua.com.tw

編輯經理　甯開遠
執行編輯　陳資穎
攝　　影　顧蕙倩 · 周威廷
插　　畫　周威廷
編排設計　商鼎數位出版有限公司

2021 年 10 月 15 日出版　第一版／第一刷

國家圖書館出版品預行編目 (CIP) 資料

顧顧旅讀 文學朝聖之旅 01：探險時代 ‧ 臺灣山城海 / 顧蕙倩著 . -- 第一版 . -- 新北市：商鼎數位出版有限公司 , 2021.10

面； 公分

ISBN 978-986-144-202-0(平裝)

863.55 110015044